Ficciones de la revolución mexicana

Alfaguara es un sello editorial del Grupo Santillana

www.alfaguara.com

Argentina
Avda. Leandro N. Alem, 720
C 1001 AAP Buenos Aires
Tel. (54 114) 119 50 00
Fax (54 114) 912 74 40

Bolivia
Avda. Arce, 2333
La Paz
Tel. (591 2) 44 11 22
Fax (591 2) 44 22 08

Chile
Dr. Aníbal Ariztía, 1444
Providencia
Santiago de Chile
Tel. (56 2) 384 30 00
Fax (56 2) 384 30 60

Colombia
Calle 80, 10-23
Bogotá
Tel. (57 1) 635 12 00
Fax (57 1) 236 93 82

Costa Rica
La Uruca
Del Edificio de Aviación Civil 200 m al Oeste
San José de Costa Rica
Tel. (506) 220 42 42 y 220 47 70
Fax (506) 220 13 20

Ecuador
Avda. Eloy Alfaro, 33-3470 y Avda. 6 de
Diciembre
Quito
Tel. (593 2) 244 66 56 y 244 21 54
Fax (593 2) 244 87 91

El Salvador
Siemens, 51
Zona Industrial Santa Elena
Antiguo Cuscatlan - La Libertad
Tel. (503) 2 505 89 y 2 289 89 20
Fax (503) 2 278 60 66

España
Torrelaguna, 60
28043 Madrid
Tel. (34 91) 744 90 60
Fax (34 91) 744 92 24

Estados Unidos
2105 N.W. 86th Avenue
Doral, F.L. 33122
Tel. (1 305) 591 95 22 y 591 22 32
Fax (1 305) 591 91 45

Guatemala
7ª Avda. 11-11
Zona 9
Guatemala C.A.
Tel. (502) 24 29 43 00
Fax (502) 24 29 43 43

Honduras
Colonia Tepeyac Contigua a Banco Cuscat-
lan
Boulevard Juan Pablo, frente al Templo
Adventista 7º Día, Casa 1626
Tegucigalpa
Tel. (504) 239 98 84

México
Avda. Universidad, 767
Colonia del Valle
03100 México D.F.
Tel. (52 5) 554 20 75 30
Fax (52 5) 556 01 10 67

Panamá
Avda. Juan Pablo II, nº15. Apartado Postal
863199, zona 7. Urbanización Industrial
La Locería - Ciudad de Panamá
Tel. (507) 260 09 45

Paraguay
Avda. Venezuela, 276,
entre Mariscal López y España
Asunción
Tel./fax (595 21) 213 294 y 214 983

Perú
Avda. Primavera 2160
Surco
Lima 33
Tel. (51 1) 313 4000
Fax. (51 1) 313 4001

Puerto Rico
Avda. Roosevelt, 1506
Guaynabo 00968
Puerto Rico
Tel. (1 787) 781 98 00
Fax (1 787) 782 61 49

República Dominicana
Juan Sánchez Ramírez, 9
Gazcue
Santo Domingo R.D.
Tel. (1809) 682 13 82 y 221 08 70
Fax (1809) 689 10 22

Uruguay
Constitución, 1889
11800 Montevideo
Tel. (598 2) 402 73 42 y 402 72 71
Fax (598 2) 401 51 86

Venezuela
Avda. Rómulo Gallegos
Edificio Zulia, 1º - Sector Monte Cristo
Boleita Norte
Caracas
Tel. (58 212) 235 30 33
Fax (58 212) 239 10 51

Ignacio Solares

Ficciones de la revolución mexicana

FICCIONES DE LA REVOLUCIÓN MEXICANA
D. R. © Iganacio Solares, 2009

ALFAGUARA

De esta edición:
 D. R. © Santillana Ediciones Generales, S.A. de C.V., 2009
 Av. Universidad 767, Col. del Valle
 México, 03100, D.F. Teléfono 5420 7530
 www.alfaguara.com.mx

Primera edición: julio de 2009

ISBN: 978-607-11-0259-1

D. R. © Cubierta: Patricia Hordóñez

Impreso en México

ESTE LIBRO FUE ESCRITO CON EL APOYO DEL
SISTEMA NACIONAL DE CREADORES DE ARTE DEL FONCA

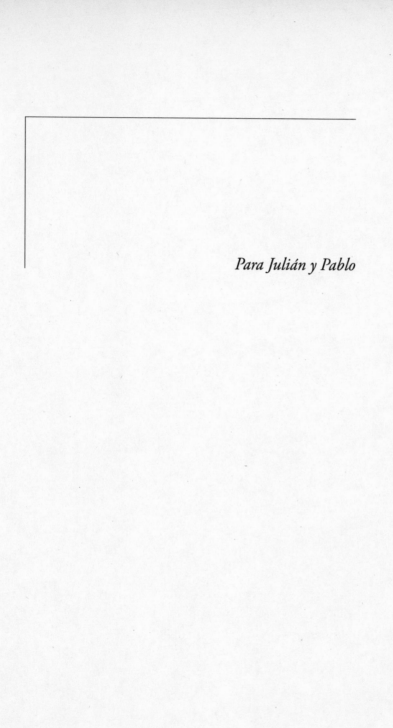

Para Julián y Pablo

Lo que no permite la realidad lo permite el teatro: ensayar los hechos en forma diferente a como sucedieron.

MAX FRISCH, *Biografía: un juego*

Pino Suárez y la política

Durante su prisión en la intendencia de Palacio Nacional —al lado de Francisco I. Madero y Felipe Ángeles—, José María Pino Suárez escribió una carta a su amigo y paisano Serapio Rendón. El embajador cubano, Márquez Sterling, ofreció entregársela en propia mano:

"Dispensa que te escriba con lápiz, pero no he logrado que nuestros carceleros me proporcionen una pluma. Como sabes, hemos sido obligados a renunciar a nuestros respectivos cargos de presidente y vicepresidente de la República, pero no por eso están a salvo nuestras vidas. Creo que peligran aun más que antes. Nunca estuve de acuerdo en esas renuncias precipitadas, pero el presidente Madero insistió. Me parecía un verdadero acto suicida. Yo sugería presentarlas, sí, pero al tiempo en que estuviéramos ya embarcando en Veracruz rumbo al exilio. Y aun ahí, por lo menos dejar constancia de que nos forzaron a firmarlas. Porque una vez que hemos renunciado a nuestros cargos, somos ciudadanos comunes y corrientes y Huerta puede hacer con nosotros lo que le venga en gana, ¿no te parece? Por eso, yo no soy tan optimista como el presidente Madero respecto a que Huerta cumplirá su palabra de respetar nuestras vidas. ¿Por qué ese afán de confiar en alguien como Huerta? Temo lo peor, y en caso de que suceda, te ruego que hables con María, mi esposa, sobre las circunstancias trágicas de mi muerte. Se lo he escrito veladamente para no angustiarla, pero creo que hará falta que alguien hable personalmente con ella apenas esté yo ausente de este mundo. La pobre quedará sola, con apenas unos cuantos pesos ahorrados, y seis hijos a los cuales criar y educar. ¿Sabes lo peor, mi querido Serapio, lo que más me duele de esta situación? Que por consejo de ella, precisamente el día en que fuimos arrestados, por la mañana le había yo presentado mi renuncia al presidente Madero y él, por fin, la había aceptado cuando le expliqué que lo hacía por mi familia y nada más que por mi familia. Lo entendió y hasta me deseó suerte en la nueva actividad que fuera a emprender, que estaría totalmente alejada de la política, por supuesto, le dije. A mí, no tengo duda, la política me endilgó un sueño que en realidad era una pesadilla".

En efecto, durante los días en que estuvo preso en la intendencia de Palacio al lado de Madero y Ángeles, las palabras de Pino Suárez insistieron en su rechazo a cualquier actividad política y que quien correría la peor suerte de los tres era él. Al embajador cubano, Márquez Sterling, le dijo:

—¿Qué he hecho yo para que quieran matarme, señor embajador? Créame usted que sólo he deseado hacer el bien, respetar la vida y el sentir de los ciudadanos, cumplir con las leyes y exaltar la democracia. Pero la política sólo me ha proporcionado dolores y decepciones y un hondo sentimiento de frustración. Ni siquiera tengo la vocación de martirio del presidente Madero y del general Ángeles. No sabía yo en la que me metía cuando acepté el puesto de vicepresidente. La política, al uso, es sólo odio, intriga, falsedad, lucro. Hoy lo veo con claridad y les doy la razón a quienes me pedían que me alejara de ella. ¿No es cierto que el mejor medio de gobernar a los pueblos de nuestra raza lo da el ánimo perverso de quienes los explotan y oprimen?

A Felipe Ángeles le dijo estas palabras proféticas:

—A usted no se atreverán a tocarlo, general, por su rango militar. En cuanto al presidente Madero y yo, ¿no le parecemos como en capilla? Como que el odio prevalecerá por sobre la reconciliación y el espíritu democrático, en los que tanto ha creído el presidente Madero.

Con Madero insistió sobre el odio:

—Es extraño, este puesto, la vicepresidencia, el puesto por el que estoy aquí. El puesto para el cual me eligió entre tantos, y por el que tantos otros se pelearon; que le causó los más graves conflictos a partir de que fue usted presidente; el que consideraba de mayor importancia dentro de su gabinete; ese puesto es el más ingrato que puedo imaginar y hoy no volvería a aceptarlo de ninguna manera. Hoy me alejaría como de la peste de todo lo que oliera a política… Me persiguen y me perseguirán los mismos odios que a usted, señor presidente, sin la compensación de sus honores y su gloria, que se acrecentarían si lo mataran. Por eso mi suerte tiene que ser más triste y amarga que la suya.

En la pieza había sillones de piel oscura, una pequeña mesa de mármol, un gran espejo que presidía —y parecía eternizar—cuanto ahí sucedía, y los tres camastros en donde dormían los cautivos. Una de las puertas daba a un depósito de trastajos, sin ventilación, que servía de comedor, y la otra, al lado de una ventana, con un centinela inconmovible afuera, como de piedra y una bayoneta que atrapaba los rayos del sol, se abría al patio de Palacio, con grupos de soldados conversando, adormilados, sentados en el suelo, sacando brillo a los botones, aceitando los rifles, boleando las botas, remendando las mantas o inclinados apetentes sobre una olla de barro que se mecía sobre unos palos cruzados, mientras las mujeres, enrebozadas, aplaudían frente a los fogones con la masa de maíz.

Mientras miraba ese patio —con un rostro que parecía derrumbársele sobre la palma de las manos—, Pino Suárez pensaba en la futilidad del poder humano y sus avatares, en tanta sangre inútilmente derramada. ¿Cuánto tiempo hacía que en ese patio se escucharon los gritos jubilosos de ¡Viva Madero, abajo la dictadura!? ¡Viva el Partido Antirreeleccionista! Gritos que para Pino Suárez, en aquel momento, se entreveraban sin remedio con los otros: ¡Viva Porfirio Díaz! ¡Viva la revolución de Tuxtepec! O aún un poco antes —apenas un parpadeo—: ¡Viva el batallón de supremos poderes! ¡Viva la República! ¡Viva Benito Juárez! O: ¡Que viva el emperador! ¡Que vivan México y Francia! O: ¡Que viva el padre de la República! ¡Que viva el general Santa Anna! O: ¡Que viva el ejército de las tres garantías! ¡Muera el congreso! ¡Viva Agustín Primero! ¿Presintió Pino Suárez que al cruzar por primera vez el patio central de Palacio que por ahí lo llevarían para conducirlo a la muerte? ¿Sabía que ese patio, simbólicamente, a fines de 1700, lo convirtieron los comerciantes de la Plaza Mayor en "infame burdel" y en la "madriguera de jugadores y borrachos", según noticias de la época?

"La política, al uso, es sólo odio, intriga, falsedad, lucro".

¿Recordó, sin embargo, alguno de sus versos juveniles, como los de aquel poema que tituló *Alma de lucha*, que en su momento consideró uno de sus predilectos?

Combatir contra todos los tiranos
y contra toda imposición injusta;
defender la Verdad santa y augusta
y de la Patria sus fueros soberanos.

Sólo a hombres libres extender la mano;
a los serviles, descargar la fusta
de nuestra frase señorial y adusta
con valor y civismo catonianos.

Contra el Error y la Injusticia alertas,
montar la guardia austera y formidable
del Honor y el Deber ante las puertas.

Y en el suplicio siempre inacabable
de Tántalo infeliz, dejar abiertas
nuestras alas que van a lo insondable.

¿Y aquel poema que le dedicó a don Porfirio y
que, según decía, lo motivó a participar en la lucha
antirreeleccionista?

Vilipendiaste de la Patria el nombre
y Padre de la Patria te proclamas.
Hollaste la República y te llamas
Héroe y Caudillo de inmortal renombre.

No hay proditorio crimen que te asombre
si al Poder en sus hombros te encaramas.
Y cuando el nombre de justicia infamas
te das de justiciero el sobrenombre.

Y todo gime a tu Poder opreso
y cede ante tu afán homicida.
Mas de tu oprobio y baldón el peso

morir no puede el pensamiento humano
que al firmar tu registro de partida
con tinta roja escribirá: ¡Tirano!

¿Y recordó Pino Suárez cuando se afilió, con
todo el entusiasmo de que era capaz, al Partido Nacional Antirreeleccionista y cuando participó en la
campaña de Francisco I. Madero en Tabasco y Yucatán? "Cuenta usted con mi vida y trabajo de día y de
noche, señor Madero", le dijo. ¿Y recordó que a fines
de 1910 viajó subrepticiamente a Guatemala a com-
prar armas para la causa revolucionaria, y que participó muy activamente en las negociaciones que
concluyeron con la firma de los Tratados de Ciudad
Juárez? ¿Y que fue gobernador de Yucatán y abando-
nó el puesto luego de que el Partido Constitucional
Progresista lo hizo su candidato para la vicepresidencia de la República?

"¿Qué he hecho yo para que quieran matarme, señor embajador? Créame usted que sólo he deseado hacer el bien, respetar la vida y el sentir de los
ciudadanos, cumplir con las leyes y exaltar la democracia. Pero la política sólo me ha proporcionado
dolores y decepciones y un hondo sentimiento de
frustración".

Por eso ya casi no se sorprendió la noche que
fueron por ellos a la intendencia el mayor Cárdenas,
el cabo Pimienta y un piquete de soldados armados
con carabinas.

Pimienta llevaba una linterna y la dirigió —como el resplandor de un disparo, como si los matara
ya— a cada uno de ellos, mientras los nombraba.

—Éste es el señor Madero; éste es el licenciado
Pino Suárez y este otro el general Felipe Ángeles.

A Pino Suárez la luz no lograba despertarlo del
todo y parecía llevarlo de un sueño al otro, con las

siluetas del grupo delineándose dentro de una atmósfera que era más bien una materia untuosa en donde las cosas flotaban, temblorosas. Puso una mano enfrente en señal de alto y entrecerró los ojos para detener la luz, lo inminente, el otro sueño.

"A mí, no tengo duda, la política me endilgó un sueño que en realidad era una pesadilla".

¿Y no fue el propio Madero quien le endilgó ese sueño?

—¿Qué sucede? —preguntó Madero.

—Tengo órdenes de entregarlos a ustedes a sus custodios —informó el mayor Cárdenas, con sequedad.

Alguien encendió el foco pelón que pendía del techo, y que abría de cuajo lo que iluminaba.

—¿Adónde nos van a llevar? —insistió Madero mientras tomaba la ropa que tenía a un lado, colgada cuidadosamente en una silla: la camisa dura, el jacquet, el pantalón claro a rayas.

—A la penitenciaría. Allá estarán más seguros —agregó el mayor Cárdenas, quien llevaba un traje negro de charro, inaudito en aquellos momentos, y tenía toda la facha de ser quien los ejecutaría.

Se vistieron con premura y en silencio.

—Usted no va, general Ángeles —le dijo el mayor Cárdenas al salir.

Ángeles los miró desconcertado. ¿Hubiera preferido ir? Por su expresión, podría haberse asegurado.

Madero y Ángeles se dieron la mano.

—Adiós, general.

—Adiós, señor presidente.

Pino Suárez, que ya estaba en la puerta, hizo una seña de despedida.

—General, hasta luego.

"A usted no se atreverán a tocarlo, general, por su rango militar".

—Hasta luego, licenciado —respondió Ángeles, encogiéndose bajo el chorro de la luz del foco pelón, dentro de su capote militar, quizá pesándole ya la soledad.

El mayor Cárdenas les lanzaba unas miradas de cuchillo y se mostraba crecientemente nervioso. Le tomó un brazo a Madero con una fuerza innecesaria.

—Vamos, vamos, tenemos prisa, señores.

Iban en silencio en el Packard gris, el mayor Cárdenas al volante y el cabo Pimienta a un lado. Atrás, Madero y Pino Suárez. Fueron por la calle de Moneda, por la del Rélox, por la de Cocheras, por la de Lecumberri, hasta los llanos de San Lázaro.

El Packard se detuvo en la parte de atrás de la penitenciaria, suficientemente iluminada.

—¿Por qué aquí si no hay puerta? ¿Quién les ha dado la orden absurda de traernos aquí? —preguntó Madero, replegándose en el asiento.

—Tenemos que bajar —dijo el mayor Cárdenas mientras abría la portezuela.

—¿Qué es lo que pretenden hacer con nosotros? —preguntó Pino Suárez.

"En cuanto al presidente Madero y yo, ¿no le parecemos como en capilla, general Ángeles?".

—¡Bájense de una buena vez, carajo! —gritó el mayor Cárdenas, con una voz que parecía refundir el odio que manifestaban su mirada y sus movimientos. Obligó a bajar a Madero, jalándolo de la manga del saco.

En el momento en que Pino Suárez bajaba del auto vio —como iluminado por un relámpago— el cuerpo de Madero cimbrarse y enseguida caer tras el disparo que le propinó en la cabeza el mayor Cárdenas. Entonces gritó: ¡asesinos!, y empujó al cabo Pimienta con fuerza, haciéndolo trastabillar, y corrió hacia el despoblado, hacia la noche cuajada, impasible, desprendiéndose de las luces en lo alto de las paredes de la penitenciaría. Volvió a gritar: ¡asesinos! Pero en realidad no se alejó demasiado porque uno de los disparos del cabo Pimienta le dio en una pierna. El propio Pimienta fue hacia él y le dio el tiro de gracia, al tiempo que decía:

—Ya cállese de una buena vez, cabrón.

Pino Suárez no había dejado de gritar: ¡asesinos!, pero, quizá, sin referirse únicamente a quienes les habían disparado a Madero y a él, sino englobando a cuantos lo habían encerrado en aquella pesadilla. Igual pudo haber gritado ahí, desgajado sobre la tierra desolada del llano, con una mano en la herida borboteante de la pierna, y mientras veía a su verdugo acercarse, ocupar la noche entera: "La política sólo me ha proporcionado dolores y decepciones y un hondo sentimiento de frustración. Ni siquiera tengo la vocación de martirio del presidente Madero y del general Ángeles. No sabía yo en la que me metía cuando acepté el puesto de vicepresidente. La política, al uso, es sólo odio, intriga, falsedad, lucro. Hoy lo veo con claridad y les doy la razón a quienes me pedían que me alejara de ella".

Madero y Huerta.
Un sueño de nadie

En 1903, los espíritus dictaron al médium escribiente Francisco Madero que su labor en este mundo no debía reducirse al ascetismo y a hacer el bien en su pequeña comunidad, sino ampliarse hasta liberar al país entero del "ignominioso yugo" de la tiranía. También le advirtieron, tal cual, que el destino le reservaba una corona de espinas, y que debía empezar a perdonar a quien diez años después —el dictado espírita tenía claramente la fecha: diez años después— cerraría el círculo sacrificándolo. "Una revolución, para que fructifique, debe sin remedio bañarse en sangre". Madero se lanzó a encabezar una revolución para la que no tenía vocación, consciente de cuál sería su desenlace, obedeciendo mandatos del más allá.

Todo esto le daba vueltas a Madero en la cabeza desde el momento en que su hermano Gustavo entró sin previo aviso con Victoriano Huerta —amagándolo con una pistola— a su despacho en Palacio Nacional.

—Por fin, después de seguirle la pista mi gente y yo durante semanas, lo acabamos de encontrar en casa de Enrique Cepeda, junto con Félix Díaz, Gregorio Ruiz y el hijo de Bernardo Reyes, organizando descaradamente el cuartelazo que nos quieren dar a partir de la toma de la Ciudadela. En realidad vienen confabulándolo desde fines del año pasado. Conciertan juntas con jefes y oficiales del ejército y hacen propaganda contra ti en los cuarteles. Incluso se ven

en lugares públicos, como la pastelería El Globo, y la gente a su alrededor escucha sus planes y las infamias que dicen de ti y de tu gobierno. Pero el principal instigador y cabecilla del grupo es este miserable…
—y Gustavo le puso la pistola en la sien. Gustavo no era un hombre violento y en esos momentos parecía fuera de sí, sus labios temblaban y su ojo de vidrio parecía contagiarse del brillo de su ojo vivo.

Madero miró fijamente a Victoriano Huerta, imperturbable, con sus lentes oscuros y su holgado abrigo negro —así, como un ave agorera, según lo habían descrito en algún periódico—. Sin embargo, qué extraña relación tenía Madero con aquel siniestro personaje. ¿Era quien debía sacrificarlo, colocarle su corona de espinas, y a quien, desde ahora, tenía que empezar a perdonar, según le dictaron los espíritus diez años antes? Entonces, ¿de qué se trataba en realidad este encuentro tan crucial, del que su hermano Gustavo era testigo? ¿Algo así como circunstancias que él estaría tentado de llamar ceremoniales, una doble danza encadenada del victimario y la víctima, un cumplimiento? ¿Un cumplimiento de qué y para qué?

Vio —entrevió— claramente la situación, con toda su urdimbre, a la que se enfrentaba. ¿Cómo no iba a verla si la tenía presente hasta en sueños y sabía que llegaría, lo alcanzaría, en cualquier momento?

Dio unos pasos por la pieza. La luz incierta de la tarde entraba con timidez por los balcones entreabiertos y aislaba los perfiles iridiscentes de los candiles, de los cortinajes de terciopelo, de los lomos dorados de los libros, de los pesados sillones de cuero, y se refugiaba, como un solo manchón, en las pinturas de las paredes, con marcos de barniz descascarado.

Se vio retirando lentamente la pistola de su hermano Gustavo de la sien de Huerta y explicando:

—El propio general Huerta me ha informado de todos esos movimientos de nuestros enemigos. Se ha infiltrado entre ellos para conocer sus planes y hacérnoslos saber. De tal manera, Gustavo, nuestro compromiso con él es darle toda nuestra confianza y dejarlo trabajar en plena libertad… General Huerta, le reitero que estamos en sus manos.

Gustavo bajó la pistola y la otra mano la pasó por la cara, como apartando una sombra inconcebible.

Y Madero vio ahí mismo, en aquel momento —¿cómo no verlo?— lo que sucedería sin remedio en los días siguientes: el cuartelazo criminal que orquestó Huerta contra su gobierno. Pero muy en especial, vio el sacrificio de su hermano Gustavo.

En venganza por haberlo desenmascarado ante el presidente de la República, Huerta lo hizo su prisionero y lo entregó a la chusma salvaje de la Ciudadela. Soldados ebrios que pedían a gritos a Ojo Parado, apodo que le había puesto un periodista antimaderista.

Casi a rastras, Gustavo fue conducido por un pasillo a la plaza frontera, bañada por la luz lechosa de una luna redonda y amarilla. En su rostro era bien claro el terror. En sus entrevisiones, Madero vio claramente ese terror dibujado en el rostro de su hermano. A empellones y golpes, sin dejar de insultarlo —entre las fogatas encendidas y los grupos de soldados ebrios, algunos de ellos con sólo diecisiete o dieciocho años, alumnos de la Escuela Militar de Aspirantes— lo llevaron hasta la estatua de Morelos, que se recortaba airosa en el fondo de la noche: altar en que debía oficiarse el sacrificio.

Un tal Cecilio Ocón —que todavía días antes mendigaba negocios turbios al propio Gustavo— alumbró con una linterna aquel rostro desencajado en el que, en efecto, el ojo bueno parecía contagiar al de vidrio de sus emociones más vivas. Incluso, en el ojo de vidrio, pasmado, parecía reflejarse más la crispación de aquel instante. Sobre todo cuando le acercaron un puñal en alto, entre carcajadas y gritos de los presentes.

—¡No, por favor! —gritó Gustavo mientras intentaba subir las manos, que tenía atadas, para protegerse el rostro.

—¡Ojo Parado cobarde! ¡Ojo Parado cobarde! —gritaban a coro.

Una botella vacía se hizo añicos a los pies de la estatua de Morelos.

—¡Calma, calma! —gritó Ocón, quien llevaba la voz cantante en la siniestra ceremonia—. No tiene que morir tan pronto. Que sufra primero.

—¡Sí, que sufra primero Ojo Parado, que sufra! —secundaron los gritos.

—Que venga a salvarlo su hermano Francisco —se burló Ocón.

—A ver, que venga.

—Llámalo, Ojo Parado, llama a tu pobre hermano, quien ahora mismo ya también es prisionero del general Huerta —dijo otro de los soldados, muy joven, pinchándolo ligeramente en el vientre con la bayoneta. Gustavo se contrajo de dolor, pero no alcanzó a caer al suelo porque Ocón lo detuvo, estrujándole el saco.

—¡No se queje tanto, cabrón, todavía ni le están haciendo nada! A ver, alúmbrenlo de nuevo.

La linterna regresó al rostro desfigurado, y esta vez un tal Vélez, desertor reciente del 29º Batallón, de un tajo vació el ojo vivo de Gustavo, quien cayó al suelo doblado del dolor. Su último grito fue: "Madre mía, ¿por qué?", mientras las burlas continuaban.

—¡Ojo Parado llorón! ¡Pinche ciego cobarde!

Ya en el suelo le propinaron puntapiés y lo hirieron con las bayonetas.

¿Podían todavía vejarlo más, como si el propio Victoriano Huerta estuviera presente y hubiera ordenado una venganza a fondo, lo más a fondo posible, por lo que Gustavo le había hecho frente a su hermano Francisco?

A tirones lo desnudaron y alguien le mutiló el miembro y se lo introdujo en la boca. Gustavo era un hombre corpulento, muy sano, que tardaba en morir. Su cadáver, según el ingeniero Alberto J. Pani, presentaba cerca de cuarenta heridas. Le extrajeron el ojo de vidrio y lo trajeron de mano en mano, como un trofeo. Finalmente, su cadáver apareció casi irreconocible al día siguiente, enterrado bajo un montón de basura.

Madero lo ve, es inevitable verlo, y todas sus demás visiones: su asesinato y el del vicepresidente Pino Suárez a manos de Huerta, la venta del país a Estados Unidos, la larga marcha hacia la cruenta guerra civil, hacia la autodestrucción, empalidecen ante la claridad con que ha podido ver el asesinato de su hermano Gustavo. ¿Quién dijo que por evitar el dolor de un ser querido sacrificaría al resto de la humanidad? Él sólo se está negando a obedecer el dictado que le hicieron los espíritus desde el otro mundo. ¿Podía aún ir contra esos dictados? ¿Y si abjuraba de la estrella inmérita y terrífica que le tenía reservado el destino?

El tiempo da una maroma. Las escenas se empalman. Madero parpadea y luego mira de nuevo fijamente a Huerta y a su hermano Gustavo, quien aún no baja la pistola de la sien del supuesto traidor. Se acerca un poco más y da una orden perentoria:

—Que fusilen al general Huerta mañana mismo en la propia Ciudadela, lugar donde, me dices, quería organizar su traición. Que se encargue personalmente del fusilamiento el general Felipe Ángeles y que él mismo, enseguida, tome a sus órdenes el control absoluto del ejército.

En efecto, al día siguiente Huerta fue fusilado en la Ciudadela. La vieja fortaleza alzaba sus gruesos muros de tezontle rojizo ante otro de los símbolos más sombríos de la dictadura: el antiguo convento de Belén de las Mochas, convertido en cárcel preventiva. También colindaba con el edificio de la Asociación Cristiana de Jóvenes y con la Sexta Demarcación de Policía. En el interior de la Ciudadela se encontraban los Almacenes Generales de Artillería, la Fábrica de Armas y la Maestranza Nacional: buena parte del armamento y de la producción de armamento de que disponía el gobierno. Lugar estratégico que podía haber cambiado el rumbo de la historia si llega a caer en manos de los rebeldes.

Una vez que el general Felipe Ángeles comprueba que le han dado el tiro de gracia a Huerta, aprieta los labios —su bigote parece arriscarse aún más— y entre dientes murmura:

—Muerto el perro, se acabó la rabia.

Porfirio Díaz y Madero.
En caliente

En *Regeneración*, Enrique Flores Magón escribió:
"Para la gente en general, el presidente Porfirio Díaz
es un enigma y se pregunta por qué hace gala de tanta severidad. Nosotros creemos que obedece a un
rasgo hereditario. Piensen en Chepe, su padre, el do-
mador de caballos. Caballo que no lograba amansar
con su látigo dotado de una estrella de acero en la
punta, era caballo que mataba. Cuando niño, Porfirio Díaz, para vengarse de su hermano Félix por una
disputa cualquiera, ¿qué fue lo que hizo? Esperó a
que se durmiera y ya dormido le rellenó las narices
de pólvora, prendiéndole fuego. Desde entonces, al
hermano se le llamó el Chato Félix. Porfirio Díaz,
ya en la presidencia, hizo gobernador de Oaxaca a
su hermano, pero el Chato Félix era borracho y cruel.
Le gustaba ultrajar a la gente y la gente lo mató en
Juchitán. Dos semanas más tarde, los juchitecos oían
un concierto en la plaza central y de pronto apareció el ejército, lanzándose sobre la multitud. Hirieron o mataron a todos, sin importar que fueran
ancianos, mujeres o niños. ¿Fue un incidente aislado
en la naturaleza del presidente? De ningún modo. Durante la rebelión de Lerdo de Tejada, el gobernador
de Veracruz, Mier y Terán, arrestó a nueve subleva-
dos y le telegrafió a Díaz solicitando sus órdenes. El
presidente respondió con una frase histórica: 'Máta-
los en caliente'".

El reporte de lo sucedido en la plaza central de
Juchitán: las tropas del gobierno, incontenibles una

vez dada la orden de acabar con todos, se lanzaron a la caza de hombres, mujeres y niños, a balazos, a bayoneta, a machete, a cuchillo, sacando los cadáveres traspasados, abiertos, descabezados, mutilados, al medio de las calles; para mejor escarmiento, algunos fugitivos, enlazados como novillos en rodeo, eran arrastrados por la caballería sobre los suelos de adoquines o de pura tierra. Cuando le dieron el reporte, Díaz se limitó a mover la cabeza a los lados y comentar: "Meterse con el hermano del presidente, a quién se le ocurre". Y seguramente se le vino a la mente la imagen del instante en que el Chato Félix despertó —chato a partir de ese momento, precisamente— y lo miró con unos ojos dotados de una tremebunda expresión, con la hueca y sangrante nariz, ya ausente.

Sobre todo en las ceremonias y los eventos especiales, Díaz hacía gala de esa severidad de carácter. No soportaba las notas disonantes. Durante las fiestas del Centenario de la Independencia, los dos mil doscientos mendigos oficiales con que contaba la ciudad no pudieron ejercer su oficio por órdenes de la policía. Proliferaban en todas las esquinas, haciendo gala de sus llagas, agitando sus muñones, mostrando a sus hijos famélicos, pidiendo la limosna a gritos o sólo gimiendo con una especie de falsete. Literalmente, fueron levantados a garrotazos. A los indios de plano se les prohibió la entrada a la ciudad para que sus remiendos y disforme aspecto no contrastaran con la galanura del espectáculo. Se importaron miles de toneladas de trigo y maíz para regalárselos y que los ilustres huéspedes no vieran las colas de andrajosos que se formaban frente a las tiendas.

Nada feo debía distraer la emoción del momento cuando el señor presidente mostraba al mundo su imagen cesárea. Su cabeza altiva, de mirada dura pero serena, a la vez como de roca y de agua bajo la luna, emergía de un uniforme sobre el cual destacaban, con las altas charreteras y los laureles bordados de oro, las cadenas, placas y cruces con que lo habían condecorado los reyes y los presidentes de casi todo el mundo. (Aunque quizá ningún otro homenaje lo halagó tanto como cuando León Tolstoi lo llamó "Milagro de la naturaleza").

En el carruaje presidencial, tras sus cuatro caballos enjaezados con caparazones y penachos blancos, se le veía por las calles del centro de la ciudad, con su gallardo sombrero montado, agradeciendo con una mano en alto el clamor popular, las flores y los pañuelos perfumados que le lanzaban desde los balcones.

No todos los días se celebra el Centenario de nuestra Independencia. El mundo entero debía estar presente. El marqués de Polavieja, enviado de Alfonso XII, le devolvió a México el uniforme y la espada de Morelos, que España guardaba como un trofeo de guerra, y condecoró a Díaz con la Gran Cruz y el Collar de la Orden de Carlos III, privilegio concedido sólo a la nobleza. El embajador de China regaló un ajuar de un gusto exquisito. Los enviados del káiser, del zar de Rusia, de Francia, de Inglaterra y de los países latinoamericanos, en rimbombantes ceremonias, le llevaron presentes con solemnes caravanas ante el augusto dictador. Los discursos hacían gala de la más frondosa oratoria —cuanto más frondosa, sonora, ciceroniana, ocurrente en la imagen, implacable en el epíteto, arrolladora en el crescendo, más eficiente, se suponía—. Se comparó a Porfirio Díaz con Aníbal, con Bismarck, con Pedro el Grande. Hubo desfiles de carros alegóricos del Paseo de la Reforma al Zócalo, se estrenó la Escuela Normal Superior, Justo Sierra reabrió la Universidad Nacional, se inauguró el manicomio de La Castañeda, un teatro de mármol italiano —que no se alcanzó a terminar— con pegasos de bronce, una estatua de Humboldt en la Biblioteca Nacional, se puso la primera piedra de una nueva cárcel. El 16 de septiembre se inauguró el Monumento a la Independencia y el 18 el Hemiciclo a Benito Juárez (que, se dijo, por su suntuosidad más parecía dedicado a Maximiliano). Hubo bailes donde los hombres vestían de frac o de uniforme, y las mujeres aparecían cubiertas de alhajas y de creaciones francesas. Banquetes con menús de la más alta cocina nacional e internacional: lo mismo enchiladas que langosta, faisán, lechones, pavos, mariscos, aguas frescas de sabores o los mejores vinos y champaña.

Federico Gamboa escribió en *Mi Diario*:

"Septiembre de 1910 ha sido para México un mes de ensueño, de rehabilitación, de esperanza y de íntimo regocijo nacional. Nadie, ni los mexicanos más castizos y amantes de su país, pudieron imaginar reconocimiento mundial tan unánime para nuestro país. El gobierno del presidente Díaz, tan calumniado por algunos, ha mostrado su verdadero rostro. El presidente, quien con puño firme, férrea, inquebrantable y patriótica decisión, dígase lo que se quiera de sus defectos, curó a México de sus dolencias endémicas y le dio a manos llenas la tolerancia, la honradez administrativa y la bendición suprema de la paz, así sus malquerientes opinen que ésta sólo ha sido una 'paz orgánica'. Suponiendo, sin conceder, que estén en lo justo, ¿cuándo antes la disfrutó nuestra tierra, adolorida de muy antiguo? La paz, orgánica o no orgánica, siempre fue el anhelo por excelencia de todos los pueblos, porque trae aparejado el prestigio entre los de afuera y la prosperidad de los de adentro [...]

"Sin embargo, hay que reconocerlo, hubo en estos festejos algunas notas discordantes. La noche del 15, en esta ocasión alcanzó proporciones indescriptibles el entusiasmo nacionalista. Fueron tantos los invitados a Palacio, que se hizo necesario multiplicar el servicio de los ambigús calculados.

"Karl Bünz, embajador de Alemania y excelente amigo, prefirió no sentarse enseguida a la mesa y me invitó a contemplar, desde uno de los balcones, el espectáculo —¡único en América!— de nuestra Plaza de Armas en aquellos momentos, cuando la muchedumbre que la llenaba a tope, vitoreaba aún, con el alma en la garganta, el 'grito' dado por nuestro presidente. En ésas estábamos Bünz y yo, él suspenso y yo encantado, como siempre que presencio la patriótica y popular manifestación de nuestro 'grito'. Pacífica y risueña manifestación del alma mexicana, con el tañer de las campanas de Catedral, rasgueo de guitarras, cantos y gritos eufóricos, deteniéndose la gente frente a las vendimias alumbradas con ocote, en que freían y vendían los más variados alimentos y golosinas, como enchiladas y buñuelos, y se pregonaban cacahuates y frutas confitadas. Todo esto veíamos, cuando en la bocacalle de Plateros se produjo un insólito arremolinamiento de gente rijosa. Se oyó destemplado vocerío y adivinamos un terco ondular y chocar de personas. A tamaña distancia no acertamos a dilucidar qué sería aquello. Apenas si distinguíamos que un emblema, estandarte o cuadro, oscilaba y se erguía por sobre las cabezas anónimas, cual si unos y otros se lo disputaran a viva fuerza.

"De pronto uno, dos, tres fogonazos con sus sendos truenos inconfundibles rayaron la relativa penumbra en que las iluminaciones, ya mortecinas, iban sumiendo a la Plaza de Armas. A poco, en desorden y con mayores voces, el remolino humano se abrió paso y avanzó con clara violencia frente al portal de Mercaderes, la Casa del Ayuntamiento, rumbo a Palacio.

"—Tiros, ¿verdad? —exclamó notoriamente preocupado el embajador de Alemania.

"—Posiblemente —repuse—. Tiros o cohetes disparados al aire por el júbilo desmedido que la fecha provoca.

"El remolino siguió avanzando hasta desfilar por debajo de nuestro balcón. Bünz permanecía intrigado, con unos ojos muy abiertos, mientras yo me sentía como sin sangre en el cuerpo, pues ya descifraba los gritos: ¡Viva Madero! ¡Viva Madero! Y ya veíase qué era lo que en alto llevaban: un retrato en cromo del mismo Madero, enmarcado en paños tricolores.

"—¿Qué gritan? —me preguntó Bünz.

"—Vivas a los héroes muertos y al presidente Díaz —respondí.

"—¿Y el rostro de quién es? —insistió.

"—Del general Porfirio Díaz —repuse sin titubeos.

"—¿Con barbas? —preguntó, abriendo unos ojos de asombro.

"—Sí —le mentí con aplomo—. Las gastó de joven y el retrato es antiguo…

"Amargado ya el resto de la noche por indicio tan significativo, tuve la aprensión de que algo grave se aproximaba, de que quizá las fiestas suntuosas del Centenario no eran el mejor exponente de la realidad nacional, tan trabajosamente conquistada, con que el país entero coronaba y homenajeaba al reconstructor de la patria, al caudillo meritísimo que no obstante sus muchos años empuñaba aún con mano firme el timón de la antes desmantelada nave del Estado […]

"Mayor sorpresa me aguardaba al día siguiente, ya reunidos el general Díaz con su gabinete en el salón de acuerdos de Palacio, momentos antes de emprender los festejos de la mañana, cuando le conté lo sucedido al lado del embajador alemán. El presidente me clavó su mirada inquisitiva. Incluso le dije, tratando de darle un tono de broma a mis palabras, cómo lo había yo declarado con barbas en sus años mozos, algo que no pareció hacerle ninguna gracia".

Los secretarios de Estado se quedaron helados. Devoraban con ojos airados a Gamboa y uno de ellos hasta le tiró los faldones de su casaca bordada para acentuar la reprobación general. Los labios de todos los presentes se movían sin que los acompañara la voz, como queriendo emitir palabras que no sonaban, que no podían sonar.

Lo que siguió vuelve a dar muestra de esa severidad de carácter del caudillo, al que hacía referencia Flores Magón. Antes de salir de Palacio, el presidente pidió hablar a solas un momento con su secretario de Guerra, el general Manuel González Cosío, quien le confirmó lo relatado por el secretario de Relaciones Exteriores, Federico Gamboa. Incluso, le dijo que Francisco I. Madero, desde la cárcel de San Luis Potosí, en donde permanecía preso desde fines de junio, había lanzado un manifiesto a la nación, en algunas de cuyas partes decía:

"Conciudadanos, no vaciléis ni un momento: tomad las armas, arrojad del poder al tirano, recobrad vuestros derechos de hombres libres…".

Seguramente, Porfirio Díaz volvió a recordar la imagen de su hermano desnarigado, con su mirada tremebunda y feroz; la matanza de Juchitán; la rebelión de Lerdo de Tejada, cuando el gobernador de Veracruz, Mier y Terán, le solicitaba ansiosamente sus órdenes; las ejecuciones sumarias, las persecuciones, el terror durante la huelga en Río Blanco… Tantos otros momentos en que no le tembló el pulso para tomar una decisión radical. ¿Por qué iba a temblarle ahora?

Sus perentorias órdenes a su secretario de Guerra no dejaban lugar a dudas:

—Estamos por inaugurar el monumento a nuestra Independencia en unas horas más. No podemos andarnos con tonterías. Que le apliquen la ley fuga hoy mismo en la cárcel de San Luis Potosí al tal Francisco I. Madero, en caliente.

Asesinato del presidente Porfirio Díaz

Ciudad de México, 18 de noviembre de 1897

Señor director:
Le envío la nota prometida para su revista madrileña sobre el reciente asesinato del presidente Porfirio Díaz, a manos de un tal Arnulfo Arroyo, y los graves sucesos posteriores.

A pesar de la convulsión que ha vivido nuestro país me adelanto a informarle que, en buena medida, las aguas se han apaciguado y vuelto a su cauce, gracias a que después del interinato perentorio del ministro Prudencio Dorantes, presidente de la Suprema Corte de Justicia, se convocó a elecciones y ganó por una contundente mayoría de votos el ex secretario de Guerra, general Bernardo Reyes, quien, en su discurso de toma de posesión, ofreció un gobierno que rescate lo mejor del de Porfirio Díaz pero, ahora sí, plenamente democrático, sin más reelecciones presidenciales y avocado, en forma preponderante, a la justicia social. Además, dijo, se erigirá un gran monumento, en pleno Paseo de la Reforma, a la memoria de Porfirio Díaz.

Permítame narrarle, aunque sea brevemente, los hechos. Era la mañana del 16 de septiembre de este 1897, con todo lo que ello significa para nuestro país en tanto el aniversario de su Independencia. Las calles lucían ampliamente adornadas con banderas y lienzos de los tres colores patrios.

La celebración comenzó al izarse solemnemente las banderas en los edificios públicos, saludadas con salvas de artillería y repique de campanas que estallaban en el aire con una luminosidad dorada.

Qué espectáculo, señor director, el de nuestras fiestas patrias. Qué conciliación —y reconciliación— con todo lo que nos rodea. Yo no tengo la suerte de conocer más ciudad que ésta que habito desde que nací, y en la que he crecido, pero le aseguro que, ante un espectáculo así, el corazón se colma totalmente, como una cámara de gas, y no se concibe una emoción de mayor intensidad. Recordé una frase, de no sé quién, que le dará una clara idea de mi sentimiento en aquellos momentos: "El paraíso es lo que no tenemos o la apoteosis de lo que tenemos". Yo de alguna manera me sentía en el paraíso esa mañana. ¿Quién iba a imaginar la tragedia que se avecinaba?

El sol, esfera rubicunda, de sospechosa ingravidez, teñía a la ciudad de una destemplada tonalidad amarillenta y ahí —como dentro de una temblorosa gelatina— fue que empezamos a ver la comitiva de nuestro amado presidente, entre los altivos militares con uniformes de gala, penachos de plumas rojas, galones dorados, montados en briosos caballos; tambores batientes, clarinadas, gallardetes ondulantes y armas de filos que destellaban en el aire. Entre todo ello iba el carruaje presidencial, tras sus cuatro caballos enjaezados con caparazones y penachos blancos. El presidente mostraba al pueblo una imagen cesárea. Su cabeza mayestática emergía de un uniforme oscuro sobre el cual destacaban las altas charreteras y los laureles bordados en oro. De su cuello sanguíneo emergía un rostro duro, como tallado con un hacha, pero que se suavizaba gracias a su sonrisa benigna y amable, mientras saludaba —"mi pueblo entrañable", había dicho en alguna ocasión— con una mano en lo alto.

En el camino, había balcones que se abrían a su paso para blandir una bandera tricolor, lanzar confeti, saludos, sonrisas, besos, rosas, dalias, claveles, pañuelos perfumados.

Estrujaba el corazón ver aquella multitud desenfrenada y delirante correr detrás de la comitiva de su presidente, jadeante y sudorosa pero entusiasta, agitando los puños en alto, al grito de ¡Viva Porfirio Díaz! Abundaban los léperos —dato significativo—, aunque también había un montón de catrines; un sombrero, un bastón o un vestido que delataban a la gente "decente".

Al momento de arribar la comitiva a la Alameda, un hombre desastrado, con una levita hecha jirones, el pelo enmarañado y ebrio a todas luces, Arnulfo Arroyo, inexplicablemente logró acercarse al grupo. El escritor y periodista Álvaro Uribe, de *El Mensajero*, y quien luego tuvo oportunidad de entrevistar a Arroyo, narró así lo sucedido:

"A poco avanzar hacia el Pabellón Morisco, engalanado para que en presencia del presidente de la República se pronunciaran ahí los discursos alusivos al comienzo de la Guerra de Independencia, Arnulfo Arroyo notó que, junto a los leones de mármol que custodiaban el ingreso al parque, la valla formada por cadetes del Colegio Militar de Chapultepec dejaba amplios espacios por donde cualquiera podía filtrarse... Mientras se alistaba mentalmente para cumplir su insensata misión se percató de que ya no tenía miedo. Un sumario examen de conciencia lo convenció de que experimentaba, si acaso, cierta curiosidad. Hubiera querido adivinar cómo terminaría su aventura, qué diría de él la gente, a dónde se dirigiría después el país. El corazón le dio de cualquier modo un vuelco cuando avistó, entre las tocas emplumadas de otros dignatarios, el bicornio inconfundible del Caudillo. Era, pensó Arnulfo Arroyo, la oportunidad que había esperado sin saberlo a lo largo de toda su vida".

Enseguida, Arroyo buscó en los deshilachados bolsillos interiores de su levita el arma asesina: un largo puñal que se había procurado la noche anterior en el *bar-room* de un inglés, Peter Gay, ubicado en la esquina de Plateros y el Portal de Mercaderes. Con ella se lanzó con una furia inconcebible —que yo no dudaría en calificar de diabólica— sobre el presidente y le asestó una puñalada mortal en la espalda, al tiempo que gritaba: "¡Muera el dictador!".

De inmediato, un alumno del Colegio Militar le propinó al asesino un culatazo en las piernas, derrumbándolo. Fue aprehendido por otro de los cadetes y entregado al capitán Lacroix. Pero el mal —debería ahora escribir Mal así, con mayúscula— estaba hecho.

En el mismo carruaje en que había llegado, se llevó lo más pronto posible al presidente herido al hospital de San Pedro y San Pablo, pero todo fue inútil y a las pocas horas se anunció su muerte. Una negra nube se cernió sobre el país entero, ya lo podrá usted imaginar. La gente salía a la calle a llorar, a abrazarse, a darse el pésame unos a otros. Las iglesias estaban llenas, se organizaban misas a todas horas en memoria de don Porfirio. Los funerales tuvieron una solemnidad y, a la vez, una pompa nunca vistas. Usted lo sabe: la noticia conmovió al mundo entero.

Por eso, señor director, también quisiera, aunque fuera en forma muy sucinta, mencionarle la importancia que tuvo para México la presidencia de casi veinte años de Porfirio Díaz, importancia que con toda seguridad se agrandará con el paso del tiempo y a la que ningún mexicano del futuro podrá sus-

traerse. Si en la actualidad se le quería y admiraba
—algunos lo llamaban "padrecito"—, apenas se haga, fríamente, un recuento histórico de los beneficios que trajo al país —de lo que sin remedio se
dará cuenta en los libros de texto de las escuelas, estoy seguro—, su figura, recortada en el aire en el monumento que se le erigirá en pleno Paseo de la
Reforma, se agrandará y agrandará con el paso de los
años.

Qué gran hombre y qué gran presidente fue
don Porfirio. Un verdadero héroe nacional.

¿Qué hubiera sucedido si el certero puñal de
Arnulfo Arroyo falla y nos deja a nuestro presidente
vivo algunos años más?

Por lo pronto, habrá que reconocerle los años
de paz y prosperidad que nos dio.

¿Qué país rescató don Porfirio?

Baste recordarle a usted que, tan sólo entre
1820 y 1850, además de las traumáticas guerras e
invasiones extranjeras, padecimos, nada más y nada
menos, que ¡cincuenta gobiernos!, además, casi todos producto del cuartelazo. Por si lo anterior fuera
poco, once de ellos presididos por el inefable general Santa Anna.

Con el presidente Benito Juárez, lo sabemos,
se creó otro país, o mejor dicho, la identidad nacional de un verdadero país. Sin embargo, durante su
gobierno persistió el espíritu levantisco, por llamarlo así, de modo que, en ocasiones con verdaderos
pretextos baladíes, le organizaron a los presidentes
Juárez y Lerdo una serie de motines militares que re-
gresaron al país a la zozobra y a la miseria que oca-
siona toda guerra civil. Vaya paradoja: el poco
dinero que había para fomentar la economía, tuvo
el gobierno que gastarlo en armas para defenderse.
Todo esto trajo como resultado que se creara en el

país un ansia apasionada, inconsciente y a la vez consciente, de ¡ya no más violencia, por Dios!, o sea, de orden, de disciplina y de paz; y, por supuesto, un vivo reclamo de salir de la miseria en que el país había vivido durante más de medio siglo.

Por todo esto, don Porfirio es un personaje axial en nuestra historia. Lo que él logró, ningún otro presidente lo había logrado antes. Obviamente por sus cualidades de estadista, de organizador y, yo diría, de visionario. Pero si me permite, agregaría las de psicólogo. Francisco Bulnes escribió que, en 1884, antes de que tomara el cargo de presidente por segunda vez, Díaz le habló sobre las características y motivaciones de los mexicanos. La anécdota es significativa, pues en buena medida revela la base sobre la cual Díaz buscaba gobernar a sus compatriotas:

"Los mexicanos están contentos con comer desordenadamente antojitos y beber cerveza y pulque a las horas más disparatadas, levantarse tarde, ser empleados públicos con padrinos de influencia, asistir a su trabajo sin puntualidad, enfermarse con frecuencia y obtener licencia con goce de sueldo, no faltar a ninguna fiesta ni a las corridas de toros o a las funciones de circo, divertirse sin cesar, tener la decoración de las instituciones mejor que las instituciones sin decoración, casarse muy joven y tener hijos a pasto, gastar más de lo que ganan y endrogarse con los usureros para organizar posadas y fiestas al menor pretexto. Por lo demás, los padres de familia que tienen muchos hijos son los más fieles servidores del gobierno por su miedo a la miseria; a eso es a lo que le tienen más miedo los mexicanos de la clase media, a la miseria, no a la opresión, no al servilismo, no a la tiranía; a la falta de pan, de casa y de vestido, y a la dura necesidad de no comer o sacrificar su pereza".

Bulnes creía que por eso Díaz encontraba la solución para los problemas de los mexicanos en satisfacer un deseo innato de autoridad patriarcal, y no en una ideología o en ideales abstractos. También, según Bulnes, "en México el problema de la paz es un problema de hambre; el problema de la justicia, una cuestión de mano de hierro; el problema de la libertad, una jaula con alpiste". De esta manera, Díaz entendía que, para la mayoría de sus compatriotas, la paz y la seguridad eran siempre más importantes que la libertad y la democracia. No creemos equivocarnos si suponemos el éxito de su gestión política precisamente gracias a esos postulados, que llamamos psicológicos en buena medida.

El nuevo presidente, el general Bernardo Reyes, parece, marchará por un rumbo diferente, según ha dicho en el discurso de su toma de posesión. Es un hombre muy distinto a don Porfirio: menos patriarcal pero más ideólogo, más intelectual. Hay que ver la forma tan pulcra y con tan buen estilo en que escribe sus discursos. Quiere poner el acento en la democracia y en la justicia social, según declaró, pero rescatando lo mejor del gobierno de Díaz. De ser así, también será un gran presidente, quizá con la ventaja de estar más pendiente y atemperar a tiempo cualquier posible brote de protesta social, de la que nunca están totalmente a salvo nuestros gobiernos.

Como gobernador de Nuevo León —hasta los primeros meses de 1896, en que fue llamado a la capital de la República para ocupar el cargo de secretario de Guerra—, puso especial empeño en el crecimiento económico, es cierto, pero no menos que en la salud y la educación. Una de sus primeras medidas fue la exención de impuestos para los servicios públicos que se establecieran en la entidad en un lapso no menor a los veinte años, lo que despertó un gran interés de los capitalistas para intervenir en la región. Cuando el presidente Díaz se enteró de esta medida declaró entusiasmado: "Si tuviéramos el talento de Bernardo Reyes, habría que aplicarla en todo el país".

Con el incremento de la minería y las vías de comunicación en primera instancia, siguió el establecimiento de innumerables fábricas de textiles, de muebles, de cigarros, de jabón, de molinos de harina, una gran planta embotelladora de agua, una refinería de azúcar y muchas otras, todas gozando de las mismas facilidades para su establecimiento y con la mencionada exención de impuestos.

Qué contraste tan marcado logró darle el general Reyes a Nuevo León con otros estados del país, que carecen de los más mínimos estímulos para invertir en ellos.

En materia de salud pública, el gobernador puso especial dedicación al servicio de hospitales y durante su gobierno consiguió, por ejemplo, que la vacuna contra la viruela fuera obligatoria, medida que no había sido adoptada por ninguna otra entidad. En el hospital González de Monterrey se establecieron nuevas disposiciones: se abrió un pabellón para tuberculosos, otro para leprosos, se inauguró el servicio de vacuna contra la rabia y se elaboraron reglamentos para el control de algunas epidemias como la malaria. Ese servicio de vacunación contra la rabia fue tan eficaz que de todo el estado se recibían solicitudes para su aplicación y aun de los estados vecinos como Tamaulipas, Coahuila o Chihuahua, llegaban personas víctimas de mordeduras de animales rabiosos que eran atendidas siempre, hay que recalcarlo, en forma gratuita.

Enérgicas medidas tuvieron que emplearse cuando en 1893 apareció en el puerto de Tampico la fiebre amarilla. La epidemia amenazaba con extenderse por todos los estados vecinos, por lo que el gobernador solicitó al ministro de Gobernación que se cerrara el paso del ferrocarril del Golfo, entre Monterrey y Tampico, para evitar que se propagara el mal. Sin embargo, su petición no fue atendida porque se creía que la enfermedad no alcanzaría proporciones graves. De esta manera, el general Reyes —en forma por demás arbitraria, se dijo, aunque finalmente tendría el aval presidencial—, ordenó a todos los municipios de su estado que no recibieran la carga procedente de Tampico que transportaba el ferrocarril.

No obstante estas precauciones, el mal avanzó y en el mes de septiembre se advirtieron los primeros casos de fiebre amarilla en la ciudad de Linares. No se escatimó gasto alguno ni diligencia para atender a los enfermos y proceder a la desinfección. El mal desapareció en el mes de diciembre, después de haber ocasionado ciento veinticinco muertes, sólo en el estado de Nuevo León. Fueron frecuentes las fotografías del general Reyes en los periódicos, en que se le veía recorrer e inspeccionar personalmente los hospitales, en alguna ocasión incluso vestido con una bata blanca, como médico.

Se trabajó activamente en el mejoramiento del servicio de agua, drenaje, pavimentación, energía eléctrica, redes telefónicas y telegráficas. Se crearon dos bancos de emisión, el de Fomento y el Mercantil, fundados en 1892 y 1895 respectivamente.

En el orden educacional, se abrieron nuevas escuelas y se mejoraron las ya existentes. La viva preocupación de Bernardo Reyes por la educación empezó con la creación de la Dirección General de Instrucción, que debería supervisar estrictamente todos los centros escolares. Se dice que era tan aficionado a la literatura, que él mismo supervisó el programa de lecturas en las clases de literatura en las preparatorias.

La Ley General de Instrucción Pública se firmó en diciembre de 1891 y entró en vigor en enero del siguiente año. En ella se incluía el establecimiento —algo insólito en nuestro país— de la Escuela Normal para Mujeres, con lo que se les brindaba una importante oportunidad para superarse intelectual y profesionalmente, y no quedarse limitadas a las labores del hogar. ¿Cuántos países en el mundo pueden jactarse de tener hoy en día una Escuela Normal parecida?

La transformación de Nuevo León fue tan rápida y radical que llamó la atención de todos los estados, incluido el gobierno del centro. Se vivía activamente, dentro de un ambiente de progreso y justicia social, haciendo circular en todos los medios grandes cantidades de dinero, con lo que el erario local, sin pesadas gabelas ni extorsiones injustas, cosechó excelentes frutos. Como gobernador, Reyes había adquirido tal fama —además de su brillante y ampliamente reconocida actuación militar, como durante la batalla de la Mojonera, que le valió el ascenso a general brigadier en 1880— que, no se tenía duda, habría de ser el sucesor inevitable de don Porfirio. El propio presidente así lo dio a entender cuando, en 1896, durante los festejos del tercer centenario de la fundación de Monterrey, dijo en su discurso inaugural:

"Después de estudiar detalladamente los grandes beneficios que bajo su inteligente y acertado mando ha alcanzado este bravo y laborioso estado, considero justo decirle, condensando todos los elogios posibles que me inspiran sus obras: general Bernardo Reyes, ¡así se gobierna, así se corresponde al soberano mandato del pueblo!". Las ocho columnas de *El Imparcial* al día siguiente retomaban la noticia: "¡Así se gobierna!, le dijo el presidente Díaz al gobernador de Nuevo León". Y agregaba: "Todos los asistentes al evento se pusieron de pie para aplaudir las elogiosas palabras".

Pues bien, señor director, ya es Bernardo Reyes el nuevo presidente de México, y no creo exagerar al afirmar que gracias a esta elección, abiertamente democrática, después de la convulsión inicial tras el asesinato de don Porfirio, el país ha regresado a la estabilidad y al trabajo.

Me pregunta usted algunos datos sobre el asesino del entonces presidente Díaz. No es mucho lo que sabemos, pero eso que sabemos me parece de lo más significativo y nos demuestra que actuó por decisión propia, sin ningún tipo de influencia o inducción. Arnulfo Arroyo tenía treinta años de edad, soltero, hijo de una familia más o menos acomodada, pero a quien sus graves problemas psicológicos hicieron torcer el rumbo a partir de que fue pasante de Derecho, dedicándose al alcohol y a las francachelas. Su familia incluso lo repudió abiertamente. Él se llamaba a sí mismo "un náufrago", agrediendo y reclamando en forma altisonante a sus antiguos condiscípulos la causa por la cual le negaban el saludo. Se le veía continuamente en figones y tabernas de mala muerte, donde solía causar escándalos; incluso estuvo algunos días preso por haber herido en un brazo a un carnicero en una cantina por los rumbos de San Hipólito. Estafó a su padre, falsificando su firma, llevándolo a la ruina y por ello, indirectamente, le causó la muerte; dio una paliza gravísima a un ex compañero abogado a las afueras del Palacio de Justicia, y en la calle de Pañeras estuvo a punto de asesinar a una mujer de la vida galante con la que acababa de tener relaciones. Su aspecto era siempre, según quienes lo conocieron, el de un criminal nato: "llevaba melena profusa, enroscada con mechas sucias por el cuello y los pabellones de las orejas, una barba crecida y un permanente tufo de alcohol". Constantemente se le oía hablar mal del gobierno del presidente Díaz, llamándolo tirano, hombre cruel y despreciable, pero sin argumentar causas o razones a sus insultos.

La reacción popular fue unánime en contra suya, al grado de que ningún periodista ha puesto en entredicho su locura ni su actuación en solitario, y hasta se ha comprendido que haya sido linchado por una turba que gritaba afuera de la penitenciaría "¡Viva Porfirio Díaz, muera Arroyo!", como si todo el pueblo de México avalara el acto. Le reproduzco la nota que al respecto publicó *El Imparcial*, el pasado viernes 17 de octubre de este 1897.

ARNULFO ARROYO LINCHADO

"El asesino del presidente Díaz ha tenido un desenlace trágico. Un tropel de hombres del pueblo entró desordenadamente hoy a la una de la madrugada al antiguo Palacio de la Diputación, subió las escaleras y, arrollando a los gendarmes que hacían la guardia, llegó hasta el despacho del inspector general de policía, matando a Arnulfo Arroyo, quien se encontraba preso en aquel lugar. La operación debió de ser muy violenta, como violenta fue la retirada de aquella turba. El 2º jefe de las Comisiones y Seguridad dormía en un departamento inmediato y, al escuchar el ruido que se producía, salió al balcón, pistola en mano, y disparó tres tiros al aire, para pedir auxilio, gritando a un gendarme que estaba en la esquina que procurara detener a los que huían. Atraídos por la alarma, llegaron otros guardianes y en el acto capturaron a una veintena de personas que deambulaban en el patio del Palacio de la Diputación. Asimismo llegaron con toda prontitud el inspector general, don Eduardo Velázquez, y el inspector Antonio Villavicencio, jefe de la 3ª Demarcación de Policía, quienes se encontraban cerca del lugar de los hechos. El cadáver de Arnulfo Arroyo yacía en el centro de una pieza contigua al despacho del inspector general, acribillado a puñaladas, pues lo rodeaba un charco de sangre. Las puertas y vidrieras de las oficinas estaban rotas. *El Imparcial* quiere informar a sus lectores que éste es el primer caso de *lynchamiento* que se registra en toda la historia de la República Mexicana".

En efecto, cuánta no sería la indignación del pueblo mexicano por el asesinato del querido presidente Porfirio Díaz, que se haya producido este primer acto de *lynchamiento* en la historia de nuestro país, como afirma *El Imparcial*.

Hoy, en este fin de siglo, vivimos un nuevo México con todas las esperanzas de estabilidad social y progreso económico para el futuro.

Zapata en Chinameca

El general Pablo González lo supo todo desde el principio, tal como sucedió. Lo supo desde que el presidente Carranza lo citó urgentemente en su despacho de Palacio Nacional. Le avisaron, ya tarde, la noche anterior. Que el presidente lo esperaba a las once en punto de la mañana del día siguiente en su despacho. Carajo, qué nervios. Lo esperaba a él, a Pablo González, que debía todo al señor presidente: sus altos privilegios económicos y sociales salidos de la nada, así, de pronto, después de las miserias vividas de niño —huérfano a los seis años—, buhonero de adolescente y pequeño comerciante de joven, en Coahuila; le debía sus ascensos militares sin mérito alguno ya que hasta gozaba de la fama de ser el "único general de división carrancista que nunca ha ganado una batalla", hijos de puta los que lo difundían. Todo esto porque, se aseguraba, Carranza necesitaba un general de su confianza, incondicional, que le hiciese contrapeso a Álvaro Obregón, al cual, también se decía, nadie conseguía meter en orden, bajarle los humos y las ambiciones, especialmente en aquel momento tan delicado, ante las inminentes elecciones presidenciales.

El general González entró al despacho presidencial con un nudo en la garganta y presintiéndolo todo. Ese despacho —que tanto imponía a los visitantes— que fue el de los virreyes españoles, de dos emperadores y de varias docenas de presidentes supuestamente republicanos; pero sobre todo, el despacho, hasta aquel momento, del único presidente electo democráticamente por el pueblo de México: Francisco I. Madero.

Aquella mañana soleada, don Venustiano lo llevó, de entrada, a un balcón del despacho, algo inusual en él, y que delataba lo delicado del tema que quería tratar. Aun ahí, don Venustiano parecía inescrutable detrás de sus lentes azulados. Se acodó en el balcón, con los dedos dentro de la ensortijada barba blanca.

La gente circulaba por la calle de Cadena, desde el anónimo transeúnte gris, burocrático, cabizbajo, con los ojos clavados en las puntas polvosas de sus zapatos, el atildado petimetre, pasando por el tlachiquero, encorvado bajo el peso del hinchado odre, hasta distinguidas mujeres con sombrilla, junto a otras con enaguas de vivos colores y huaraches. Circulaban sosegadamente, como en un carrusel, entre los gritos de indios vendedores de pájaros, chichicuilotes, ocasionales bocinazos plañideros de autos y el chirriar del tranvía, con su trole chispeante, que giraría en la esquina de Letrán.

—Lo mandé llamar, general González, para hablar de Emiliano Zapata.

Pablo González tragó gordo y también se acodó en el balcón.

—Usted sabe cuánto urge pacificar el estado de Morelos, meter al orden al zapatismo. La historia revolucionaria de Emiliano Zapata es una historia sin pies ni cabeza, por decir lo menos. Descontento primero con el gobierno porfirista, ocupó, parceló y repartió entre los campesinos las tierras aledañas a la villa de Ayala. Después tomó las armas contra el gobierno maderista, vea nomás contra quién, exigiendo arbitrariamente el reparto de todas las propiedades de su estado natal. Muerto Madero, combatió a los federales de Victoriano Huerta, usted lo sabe. Al caer Huerta se alió con Pancho Villa… ¡contra mí!, y a pesar de la derrota de la División del Norte en Celaya y León sigue aun hoy en pie de guerra contra mí, siendo yo presidente constitucional de la República.

Al decir: presidente constitucional de la República, a don Venustiano se le llenó la boca y arañó más profundamente la barba ensortijada. Su chaquetín militar no tenía condecoraciones ni insignias y sólo botones de cobre, al primero de los cuales lo ocultaba la barba.

—El hecho de no haberse entendido ni con don Porfirio ni con Madero, ya no se diga con Huerta o conmigo, revela la incapacidad de Zapata para entenderse con alguien. Muestra que la deficiencia no se encuentra en la naturaleza de los gobiernos combatidos sino en la del guerrillero combatiente.

—Estoy totalmente de acuerdo con usted, señor presidente —dijo Pablo González levantando los ojos y mirando directamente el sol que amenazaba con caer en unas horas como plomo sobre aquel trozo de ciudad.

—¿Usted imagina lo que significaría para la Revolución, para nuestra Revolución, que Zapata siga haciendo de las suyas? ¿Usted lo imagina?

—El desastre, señor, el desastre.

—Sería "otra" Revolución, ¿está usted de acuerdo? —y al decir "otra", don Venustiano subrayó la palabra, redondeando un poco la boca.

—Totalmente de acuerdo.

—Por eso lo quise llamar con tanta urgencia, general González. No podemos quedarnos de brazos cruzados ante lo que podría hacer en el futuro Zapata. Las fuerzas de usted son muy superiores a las de él, gente del norte en lugar del sur —la barba de don Venustiano recibió unos dedos especialmente engarruñados—. Lo comprometo a acabar de una buena vez con Emiliano Zapata, general. La historia de nuestro país será otra.

Pablo González clavó los dedos en el cemento del balcón, mientras Carranza continuaba:

—Además, este gran beneficio que le haría usted a la patria podría redundar en su candidatura para presidente de la República, algo en lo que he meditado profundamente en los últimos días, se lo confieso. Su futuro, y no sólo el suyo sino también el mío, están en juego.

Después de la cita, Pablo González se dirigió enseguida a emprender sus operaciones en Morelos. Cada hora que transcurría era crucial.

Y a los pocos días apareció —"como caído del cielo"— el personaje clave para la estrategia de González: el coronel Jesús Guajardo, la figura militar más sugestiva de las fuerzas federales que operaban en Morelos. Originario de Coahuila y por tanto paisano de Venustiano Carranza, este joven apuesto y bravucón, comandante del Quinto Regimiento de Caballería, había declarado varias veces "que anhelaba probar su hombría en un encuentro personal con Zapata". Pero en aquel mes de marzo se hallaba en graves dificultades porque una noche fue sorprendido corriéndose una juerga de santo y señor nuestro —"buen militar, pero demasiado débil ante el alcohol y las mujeres", se decía—, y aunque casi logra escapar, la gente de Pablo González lo detuvo y lo mandó a prisión.

El incidente llegó a oídos de Zapata, quien conocía su valía y le envió una nota invitándolo a sumarse a sus fuerzas ante la deshonra sufrida.

La nota fue interceptada y Pablo González —"quien era tan malo en cuestiones militares como bueno para urdir toda clase de sucias intrigas"— se dio cuenta de que, de un modo providencial, tenía enfrente la posibilidad de tenderle una trampa a Zapata.

"Guajardo no sólo era un aficionado al alcohol sino un verdadero traidor", escribió años después Pablo González. Un traidor al que, por cierto, él utilizó sin contemplación.

A fin de doblegarlo, le mostró la carta de Zapata. Guajardo, quien a pesar de los días pasados en prisión parecía aún no reponerse de la borrachera porque tenía los ojos hinchados y la voz carrasposa, quedó "petrificado" y se deshizo en absurdas aclaraciones plañideras, que no venían al caso. El general González se complacía en humillar a su más brillante oficial. Le pintó un cuadro de horror: sería degradado y después fusilado. Lo obligó a caer de rodillas, a llorar como niño, a pedir perdón. Todo para que al final González, ya que lo tenía a sus pies, le ofreciera con total descaro una posible salvación: que se comunicara con Zapata y lo engañara hasta "hacerse de él" para asesinarlo en alguna emboscada.

Se inició la conspiración. Todo debía estar fríamente calculado. Nada admite mejores cálculos como la traición. La inteligencia es su sostén, su bastión. ¿Caería en esa conspiración Zapata? Porque en realidad se trataba de un juego que estaríamos tentados de llamar ceremonial, y que tendría que ser así, ceremonial, hasta el final.

De entrada, Zapata, para probar la lealtad de su supuesto aliado, le pidió a Guajardo que se rebelara contra González y le entregara al grupo de cincuenta desertores zapatistas, amnistiados en Jonacatepec, y que encabezaba un tal Victoriano Bárcenas.

—¿Que se rebele usted contra mí? —le preguntó cuando Guajardo se lo comentó—. Me parece muy bien la petición, de entrada. Ahora sí creo que va a caer en nuestras redes. Vamos a organizarlo.

La traición es la más lógica y solazada de todas las pasiones humanas.

El 7 de abril, Guajardo, bien pertrechado en Jonacatepec, simuló teatralmente un motín, arrestó a los traidores zapatistas y —algo ya muy poco teatral— los fusiló de inmediato, en caliente, sin dar tiempo a mayores explicaciones. Total, cuánto valía la vida de cincuenta zapatistas desertores ante el futuro de la Revolución (y de la carrera política de González). No podían arriesgarse a que se les cayera el teatrito. En un par de horas se acabó con los fusilamientos.

Las dudas de Zapata sobre Guajardo, aparentemente, se empezaban a desvanecer. ¿Será de veras?, se preguntaba González.

Guajardo y Zapata tuvieron una primera reunión en la Estación Pastor acompañados de sus escoltas y, para que nada faltara, Guajardo abrazó a Zapata efusivamente y le regaló un caballo alazán llamado *As de Oros*. Juntos avanzaron, conversando afablemente "como muy buenos amigos", durante unos kilómetros hasta llegar a Tepalcingo.

En privado, sin embargo, se decía que todavía Zapata tenía sus serias sospechas sobre la fidelidad de Guajardo. Varias veces intentó conseguir que lo acompañase hasta su cuartel general para cenar con otros jefes de Morelos, para hacer presión sobre él y ponerlo a prueba. Las invitaciones fueron inútiles. Guajardo ponía sistemáticamente algún pretexto. González mismo le aconsejaba no asistir: era demasiado arriesgarse inútilmente.

A pesar de ello, el 10 de abril concertaron una cita para comer en Chinameca, el cuartel general de Guajardo.

¿Por qué Zapata aceptaba lo que, a todas luces, podía ser una celada?

González, en Cuautla, se enteraba de todo, paso a paso, expectante. Sabía lo que podía suceder en Chinameca si todo salía como lo tenían planeado. Supo de la plática previa entre los dos en una tienda de campaña apoyada en los viejos muros de la hacienda. ¿De qué podrán estar hablando?, se preguntaba González. Supo de la gente de Zapata apostada en los alrededores, echados a la sombra de los árboles, con las carabinas enfundadas. Los ires y venires de los emisarios de los dos bandos para concertar la comida. La aceptación final de Zapata.

Sin embargo, de pronto se rompió la comunicación, no hubo más mensajes y fue hasta eso de las nueve y media de la noche que le avisaron a Pablo González de la mula que se acercaba arrastrando lo que parecía un cadáver cubierto con una manta. González preparó a su tropa y salió personalmente con una linterna a identificar el cuerpo, con mano temblorosa. Atrás del cadáver había una sombra: ¿quién lo observaba? ¿Quién observaba todo aquel ritual? Pero lo más importante, ¿a quién iba a encontrar al levantar la manta? En aquel momento, lo sabía, lo intuía, se jugaba el todo por el todo: su futuro político, el de Carranza, el de la patria misma. ¿Cómo podía saber que Zapata no había invertido la trampa? ¿Y si lo que descubría Pablo González con su linterna era el rostro, de bigotes arriscados, de Guajardo?

Pancho Villa sí conquistó Columbus

Para Marisol Schulz

La División del Norte estaba en su mejor momento. Éramos tres mil. O quizá cuatro mil, o cinco mil,
porque nunca nos habíamos contado bien, pero más
o menos por ahí andaba la cantidad. En cualquier
pueblo o pueblucho que pisábamos, siempre había
un montón, o un montoncito, de gente que se nos
quería unir. Hombres, mujeres, y hasta algunos chavalos, no faltaban los chavalos. Por eso, porque se
sabía jefe de un enorme ejército —de lo más varia-
do, por lo demás—, desde fines de enero, Villa pla-
neó la invasión a Estados Unidos por el rumbo de
Ojinaga, pero era tanta la gente que todavía se nos
quería unir al proyecto, que prefirió posponerlo un
par de meses. Mientras más fuera el montón de gue-
rrilleros mexicanos que se metiera a Estados Unidos,
mejor, ¿no? Por eso luego, ya que éramos un titipu-
chal, fue en Palomas, pequeña ciudad fronteriza a
unos cuantos kilómetros de Columbus, donde Villa
nos hizo saber su decisión.

    Esa tarde del 8 de marzo de aquel 1916, nos
habló como yo no lo había oído, con una inspira-
ción que le quebraba la voz y lo obligaba a detenerse a cada momento por la cantidad de lágrimas que
derramaba. Nos juntó en la falda de un monte, y él
se puso en el lugar más alto para que todos lo oyé-
ramos bien y no nos quedara lugar a dudas de lo que
decía. El sol pareció también pasmarse en lo alto y
se levantó una brisa que puso a chasquear los huiza-
ches y las nopaleras.

Muchachos, ora sí llegó el mero momento bueno en que se decidirá el futuro de nuestra amada patria, y a ustedes y a mí nos tocó la suerte de jugarlo. ¡Vamos pues a jugarlo valientemente! Ya aquí, ni modo de rajarnos. Nuestro resto a una carta, como los hombres que traen bien fajados los pantalones para apostar. O lo ganamos todo o lo perdemos todo, total. En esta frontera de Palomas está la raya mágica que nos separa de la gloria o de la perdición. Estamos muy cansados, lo sé, por eso no podemos esperar más, ni un segundo más. Son muchos años de pelear desde que nos levantamos contra don Porfirio. Luego, ya ven, peleamos contra los colorados de Orozco, contra los pelones de Huerta, contra los carranclanes de Carranza. Hoy nos toca partirles su madre a los gringos, ni modo. Hemos peleado contra todo y contra todos, pero siempre por el mismo ideal, nuestro ideal no ha cambiado para nada. Es la causa del pueblo, la que obligó a don Francisco Madero a levantarse en armas contra la tiranía. Quiero decirles que Madero es el hombre al que yo más he querido y respetado, por el que me inicié en este asunto de la guerra, y por quien aún sigo aquí. Por eso su foto me acompaña a todos lados, en las buenas y en las malas —y de un bolsillo de la casaca, del lado del corazón, Villa sacó una foto de Madero y la puso en alto—. Mírenla. Aquí la pueden ustedes ver. Esta foto la veo yo a cada rato y se me llenan los ojos de lágrimas y se me quitan los temores que a todos nos dan. Me digo: si él dio su vida que valía tanto, ¿por qué no yo la mía que apenas si vale? Y veo la foto y me entran las ganas de luchar por los ideales que nos dejó y de acabar hasta la extinción total de sus asesinos. Asesinos que, hoy lo sabemos, están acá —y señaló hacia tierra mexicana—, pero también, y sobre todo, están allá —y señaló hacia tierra norteamericana—. Fueron los gringos quienes nos quitaron la mitad de nuestro territorio, que hoy tanto necesitaríamos, y quienes utilizaron al traidor de Victoriano Huerta para derrocar a nuestro salvador, el presidente Madero. Así como hoy utilizan al traidor de Carranza para apoderarse del país y robarse los mejores frutos de nuestra tierra. Esos mismos gringos ladrones que pretenden manejar nuestros gobiernos a su antojo, quitar y poner autoridades como se les pega la gana y según lo dictan sus intereses económicos y políticos. Hablan de democracia, ya ustedes los han oído, pero a nosotros nos tratan como animales si llegamos a trabajar a sus tierras. Animales, bestias de carga, esclavos que sólo responden al chasquido del látigo, eso somos para ellos. O nos utilizan o nos roban o nos rocían con gasolina y luego nos prenden fuego, como acaba de suceder hace unos meses con cuarenta mexicanos que intentaban cruzar legalmente el puente del Río Bravo. ¡Cuarenta mexicanos quemados vivos por los gringos! Ahora ya andan otra vez con querernos invadir porque dizque nosotros mismos no sabemos gobernarnos, y cómo vamos a saberlo con un traidor como Carranza en la presidencia, pero no lo van a lograr porque nosotros nos les vamos a adelantar. Hoy entramos a Columbus, les partimos su madre y seguimos de frente, para que vean que no les tenemos miedo y de lo que somos capaces. Porque enseguida va a venir la verdadera guerra con ellos, apenas llegue a acompañarnos el señor Emiliano Zapata con todas sus tropas, él mismo me ha asegurado que ya no tarda. No vamos a parar hasta vengar tanta ofensa como nos han hecho los gringos, hijos de su chingada madre, a lo largo de la historia. Entonces, ya que recuperemos el rico territorio perdido y los tengamos dominados, habrá paz y progreso en México y nuestros hijos heredarán una tierra amplia, libre y digna.

Tuvo que interrumpirse porque las lágrimas ya no lo dejaron continuar, y quizá fueron esas lágrimas las que terminaron de inflamar nuestro ánimo para levantar al unísono nuestras armas:

—¡Viva Villa! ¡Viva el presidente Madero! ¡Viva México! ¡Mueran los gringos!

Nuestro éxito fue que nadie en Columbus, ni en ninguna otra parte de México o de Estados Unidos, podía tomar en serio nuestra intención. En aquel tiempo, casi todos los días aparecían notas en los periódicos de una posible invasión norteamericana a México, pero de México a Estados Unidos, ¿cuándo?

Desde que, cabalgando dentro del mayor silencio posible, cruzamos la frontera, nos adentramos en territorio norteamericano, y vimos el tenue resplandor de la ciudad a lo lejos, yo sentí que me adentraba en el pasillo de un sueño —no se me quitó la sensación de irrealidad en ningún momento—, que estaba viviendo un privilegio único que, quizá, muy pocos mexicanos volverían a vivir. Y, bueno, habría que revisar nuestra historia de entonces para acá.

Por ahí se veían encendidos unos cuantos faroles en las esquinas y en la estación de ferrocarril. Ladridos intermitentes de perros. La ciudad de Columbus es muy pequeña y en forma de chorizo —con todos sus edificios importantes en la misma avenida, la Bondary—, así que la estrategia era, literalmente, barrerla, destruyendo todo cuanto encontráramos a nuestro paso. Saquear el banco y una tienda llamada *Lemon and Payne*, muy bien surtida y, sobre todo, detenerse en el hotel *Commercial* para pedirle cuentas a un tal Samuel Ravel, quien le debía a Villa unos rifles Springfield que ya le había pagado.

Entramos exactamente al cuarto para la seis de la mañana, con el primer sol que despuntaba, lo sé porque uno de los tiros que disparamos le dio al reloj de la aduana, deteniendo su funcionamiento, lo vi clarito.

De un lado de esa calle principal, apenas a la entrada, estaba el cuartel con sus cerca de mil soldados todavía dormidos: se levantarían quince minutos después de que nos les echamos encima (Villa lo previó todo): el XIII Regimiento de Caballería de Estados Unidos, al mando del general Herbert Slocum. Del otro lado de la calle estaban los establos. ¡Cuidado, no se vayan a confundir, nos advirtió Villa! Luego nos dijo: al primer disparo que suelte yo, todos al galope, al grito de "¡Viva México! ¡Mueran los gringos!", y a acabar con ellos, muchachitos.

El momento en que Villa soltó ese primer disparo al aire, hincamos las espuelas al tiempo que gritábamos: "¡Viva México! ¡Mueran los gringos!", con el corazón enloquecido afuera del pecho y la sensación de que violábamos lo prohibido, que nos metíamos a donde nunca nadie, en esa forma, se había metido. Y, bueno, pasara lo que pasara, ¿quién nos quitaba esa emoción?

Hicimos una matazón tremebunda en el cuartel. Yo me despaché a dos o tres soldados gringos que apenas se levantaban medio encuerados de sus literas, con caras de asombro. ¿Cómo podían suponer los pobres pendejos que estaban muriendo porque los mexicanos habían invadido su país? Una vez que los acabamos, nos seguimos hacia el pueblo, a buscar otros sitios que atacar, ¿qué otra cosa podíamos hacer si ya nos sentíamos dueños del lugar? Yo por eso me seguí de filo, a todo galope, dentro de la galería de rostros convulsos que salían de las casas asaltadas, tropezándose, con niños en brazos o levantando las manos en

señal de rendición, corriendo hacia todos lados como hormigas espantadas.

Entonces me di cuenta de un grave error cometido por algunos de mis compañeros: prenderle
fuego a la tienda *Lemon and Payne*, atiborrada de ar-
tículos inflamables, lo que iluminó en forma esplen-
dorosa la calle por la que andábamos con nuestro
relajo. Y no es lo mismo echar ese relajo —pegar de
gritos, tirar balazos al aire, acribillar los vidrios de las
ventanas, dar vueltas como trompo en el caballo, tro-
narse a quien encuentra uno en el camino—, que
organizar un verdadero ataque con las armas y los
hombres en los puestos adecuados: exactamente lo
que hizo el resto de los soldados norteamericanos
que habían sobrevivido a nuestro ataque, y que todavía eran un montón: atacaban con una furia de-
satada, como si de pronto se hubieran dado cuenta
de que, carajo, estaban siendo invadidos por pinches
mexicanos.

Villa reaccionó enseguida y reordenó sus filas.
Además, acabó de intimidarlos con una estrategia
muy suya: cerrar pinzas. Ya con el día encima, vimos
llegar un verdadero huracán de caballos. No parecían seres vivos sino fantasmales. Miles de caballos
de la División del Norte envueltos en nubes de polvo y en un sol radiante, recién nacido que, parecía,
también llevaban consigo. Todos con el mismo grito, que revoloteaba en lo alto y agitaba las ramas de
los árboles: "¡Viva Villa, mueran los gringos!".

Al grueso de la columna villista la protegían
guardaflancos móviles que se desplazaban a saltos y
eran los que más daño hacían al toparse con el enemigo porque les llegaban por todos lados.

Luego me enteré de que algunos villistas acos-
tumbraban lazar ramas de mezquite y las arrastraban
a cabeza de silla, con el objeto de levantar más pol-

vo. Doscientos o trescientos hombres, con sus ramas
a cabeza de silla, daban la impresión de ser muchos
más, el doble o el triple, por la polvareda que levantaban. Algo muy teatral, pero efectivo. Como predijo Villa desde su discurso inicial: le partimos
toditita su madre al XIII Regimiento de Caballería
de Estados Unidos.

Antes del mediodía, ya con la ciudad conquistada, Villa nos reunió en la plaza central de Columbus y subido en el quiosco nos arengó:

—¡Ahora sí, muchachitos, ya encarrerados vámonos al norte, rumbo a Washington!

Toda la División del Norte respondió con un
solo grito atronador:

—¡Viva México, mueran los gringos!

Los delirios de Victoriano

Después de permanecer algunos días en la prisión militar de Fort Bliss y pagar una fianza, a Victoriano Huerta, ex presidente de México, se le permitió reunirse con Emilia, su esposa, en una casita de la calle Stanton, en El Paso, Texas, bajo arresto domiciliario. Había sido aprehendido apenas al llegar a Estados Unidos por las autoridades norteamericanas, que así procedían a petición de Carranza. Huerta sufría una grave depresión y se dio a la bebida más que nunca. Bebía, recordaba, lloraba y padeció varios ataques de *delirium tremens*.

Ocasionalmente iba a visitarlo el padre Francis Joyce, capellán de Fort Bliss, quien hablaba bastante bien el español. Llegaba de improviso, a veces por la mañana, a veces por la tarde.

Siempre era lo mismo cuando su esposa tenía que despertarlo, lo que casi nunca sucedía porque él apenas si dormía. Pero aquella tarde sí estaba dormido, y bien dormido, sin siquiera quitarse la ropa o taparse con una cobija, y su esposa sabía a lo que se arriesgaba. Lo movió suavemente por la espalda como si lo arrullara, esperando lo peor.

—Victoriano, Victoriano.

Huerta despertó con un gemido ronco, una sacudida convulsiva de las piernas y las manos, un rechazo de todo el cuerpo y toda la voz de algo horrible que arrastraba desde el fondo del sueño como un enorme trozo de materia pegajosa. Ella trató de calmarlo.

—Tranquilo, tranquilo, soy yo, Emilia.

Una aguja se hincaba en su cerebro, un martillo golpeaba sus sienes.

—¿Qué sucede? —con palabras aplastadas por la fatiga.

—Vino a visitarte el padre Joyce, por eso me atreví a despertarte.

—¿Qué hora es? —preguntó él, parpadeante, con unas pupilas sin luz, pasando una mano por el pelo revuelto, la mandíbula un poco levantada, mientras la frente corría hacia atrás como resbalando aún en la almohada.

—Las cinco de la tarde. Aprovecha que vas a hablar con él para comer algo.

—No tengo hambre. Me siento muy mal —se quejó, enderezándose en la cama, como si se rompiera los huesos al hacerlo. Se puso sus lentes, de espejuelos ahumados, como un disfraz cotidiano, indispensable.

A ella le parecía que en los ojos de él, con lentes o sin lentes, había la misma obstinada imagen (¿de quién?); antes o después de beber, de despertarse o de dormir era el mismo temblor frío y ácido de algo presentido, quizás el mismo cansancio sucio, el mismo resto de un llanto interminable (en un hombre que nunca antes había llorado), tan en otro mundo que era exactamente este mismo mundo donde ahora se instalaba minuto a minuto con sus fantasmas alcohólicos, martes 5 de enero de 1916.

La casa sólo tenía dos habitaciones, una más amplia que hacía las veces de sala y comedor, y la recámara. Había maderas opacas, alfombras raídas, una cretona tenebrosa, cortinas deshilachándose, floreros vacíos, una pequeña cocina con las paredes manchadas de humo. En la recámara había una vetusta cómoda de caoba, la única luz la difundían dos pequeñas veladoras en las mesitas de noche, y en el comedor una lámpara de pie, con pantalla de pergamino, que daba una luz como una pura mancha amarilla dentro de la sombra. Una casita despersonalizada y triste, perfecta para el arresto domiciliario en El Paso, Texas, de un ex presidente de México denostado por su pueblo, deprimido y gravemente enfermo.

Cuando llegó el padre Joyce, doña Emilia le contó del ataque que había sufrido "el pobre de su marido" unos días antes, suplicándole que no le dijera que se lo había contado.

Victoriano había bebido todo el día, como bebía a últimas fechas, y al atardecer, sentado en el sofá de la sala, empezó a pegar de gritos y a señalar una ventana que daba a la calle.

—¡Tú! ¡Tú! —la sílaba era más bien un quejido ahogado.

Tenía unos ojos que se adivinaban de pupilas dilatadas detrás de los lentes ahumados. Emilia pudo observar que su creciente palidez adquiría un aspecto casi cadavérico. Un copioso sudor le escurría de las sienes empapándole el cuello y la camisa. Sus brazos rígidos se crispaban. Todo el cuerpo con escalofríos, preso en el embrujo. ¿De qué?

—Victoriano, ¿qué te sucede? —dijo ella, corriendo a su lado, intentado abrazarlo por el hombro, pasándole una mano por la frente sudorosa.

Pero él se limitaba a mirar hacia la ventana y gritar:

—¡Él! ¡Él! —con palabras como al borde de todo lenguaje.

Luego dio un largo trago a la botella de coñac y se tranquilizó un poco, con frases confusas que un llanto pueril y convulso reducía a hilachas, dentro de un hipo seco y breve.

Hasta antes de ese delirio, todo había sido moderadamente amargo y difícil, pero a partir de entonces ella sintió que no podía más, que necesitaba ayuda. Quería llamar a un médico de Fort Bliss, pero Huerta se lo impidió con el argumento de que podían aprovechar la oportunidad para encarcelarlo en una celda diminuta, maloliente, como la vez anterior, lejos de su esposa.

—Lo que ha de preocuparle es que ahí no tendría coñac —dijo el padre Joyce, con un dejo de ironía en la voz. Era un hombre alto, rubio, perfectamente rasurado y con un alzacuellos que parecía parte consustancial de su persona.

Huerta y el padre Joyce se sentaron a la mesa del comedor a conversar. Una cafetera bufaba entre nubes de vapor en la cocina, donde permanecía Emilia. Huerta bostezaba y pasaba las manos frente a la cara como si apartara telarañas. El padre Joyce empezó por sugerirle que disminuyera considerablemente la cantidad de coñac que bebía a diario, pero Huerta regresó a los temas que trataba siempre, los únicos que parecían obsesionarlo, hablara con quien hablara.

—Ya ve usted que todos nuestros planes para rescatar al país abortaron —dijo con una voz carrasposa, que parecía regresársele a la garganta—. Mataron a mansalva a Pascual Orozco, que fue por quien vine a Estados Unidos, Creel no logró poner de acuerdo a los rebeldes que andan por aquí, los alemanes no nos cumplieron con lo ofrecido, a mí me vigilan día y noche los norteamericanos. En México, no tardarán en pelearse entre ellos mismos los que hoy pelean contra mí. ¿Sabe usted lo que acaba de escribir el traidor de Jorge Vera Estañol, quien fue mi ministro de Instrucción Pública? Que no puede calificárseme de humano por mi capacidad infi-

nita para la crueldad. Nomás imagínese. Hijo de
puta. Después de que no hice sino intentar pacificar
a mi país…

—¿Por los métodos que fuera, general?

La pregunta era un dardo certero al corazón, y
el padre Joyce lo sabía. Porque, de nuevo, a últimas
fechas, los recuerdos y las reflexiones de Huerta eran
como mariposas revoloteando hacia llamas en donde arderían sus alas. Ya no lograba del todo justifi-
carse ante sí mismo con la cantaleta de "no hice sino
intentar pacificar a mi país…", porque ciertas escenas lo acosaban a todas horas y hasta se le colaban a
los sueños. Volvía a verlas una y otra vez, por más
que el coñac las alejara por momentos, sólo para re-
gresárselas con mayor intensidad. Esa misma mañana le pareció revivir su campaña para "pacificar"
Morelos durante el interinato de De la Barra, en
1911. ¿Recuerda usted, general Huerta?, se preguntaba a sí mismo cuando, poco después de despertar,
se tomaba su primer vaso de coñac.

Derrumbaban las puertas de las casuchas a cu-
latazos, echaban abajo tablas, estacas, muebles, muros de adobe, mientras los habitantes se mal defendían
como podían con palos, escobas, azadones, hoces,
machetes, las mujeres hasta con las uñas y baldes de
agua hirviendo, o se atrincheraban detrás de mesas,
baúles, mostradores, colchones, cajones o sacos de
tierra, para desde ahí lanzar los objetos que encontraban a la mano con un odio que llegaba más lejos,
a cambio de los proyectiles certeros que por fin los
pacificaban ("pacificar el sur, general, a toda costa"),
los silenciaban poco a poco, apagaban los gemidos
y los últimos llantos de los niños dentro del desorden de remolinos de polvo, paredes con boquetes,
puertas derrumbadas, objetos pulverizados; lo silenciaban todo las lenguas de fuego que empezaban a

levantarse en tantas casuchas de la zona: entrevero confuso de esos ataques plenos de crueldad, que dejaron un saldo de miles de morelenses muertos y que sólo alguien como el general Victoriano Huerta podría haber perpetrado. ¿O no, general?

Pero en sus informes Huerta justificaba esas acciones al subrayar las respuestas brutales, vengativas, de los morelenses. En algún momento hablaba de una patrulla de cinco soldados que fue enviada a un recorrido puramente de observación y, poco después, en un pequeño poblado, fueron encontrados agonizantes, con hombres y mujeres que aún los golpeaban sin misericordia. "Les quitaban los uniformes a jalones para, muertos o moribundos, afrentarlos en su hombría". Había que darle una lección a esa gente malvada y Huerta los mandó quemar vivos, rociándolos con gasolina y luego prendiéndoles fuego. ¿Recuerda, general, recreándose usted al mirar los cuerpos encendidos, chasqueantes, retorciéndose como culebras en el suelo, con las cabelleras como grandes penachos rojizos dentro de una repentina llamarada?

Sólo cumplía su misión, ¿o no?

O como cuando el gobierno del presidente Díaz le encargó la tarea de "pacificar" el lejano territorio de Quintana Roo, es decir, la exterminación de los últimos mayas de la guerra de castas. Al frente de las operaciones estaba un general apellidado De la Vega, partidario de utilizar tácticas convencionales, ineficaces en una guerra de guerrillas. Huerta escribió a Bernardo Reyes, ministro de guerra, acusando a De la Vega de incompetencia; en respuesta, fue puesto al frente de las fuerzas, infundiéndole a su gente un ánimo —el hijo de puta de Vera Estañol diría: "una crueldad"— que antes no tenía.

Recuerda.

Los ojos fascinados del general que ven dentro de una súbita llamarada —ah, el papel que jugó el fuego siempre en su carrera militar— las casuchas convertidas en chisporroteo de maderas, adobes, latas, esteras, objetos indiferenciables que estallan, se desintegran, desaparecen. El cañoneo aumenta y el poblado yucateco queda sepultado en una nube de humo que escala la falda de los cerros y que se abre, aquí y allá, en cráteres por los que salen despedidos pedazos de techos y paredes alcanzados por nuevas explosiones. Un grupo de sus mejores soldados entra a la pequeña ciudad, entre nubecillas de humo que deben ser disparos. Desaparecen, tragados por un laberinto de techos de teja, de paja, de estacas, en el que a ratos surgen llamas. "Están acabando con todos los que se salvaron de los cañonazos", piensa Huerta. E imagina el furor con que sus eficientes soldados estarán vengando a los cadáveres de sus compañeros colgados en una ristra de árboles cercanos a la capital, desquitándose de las emboscadas que costaron a los federales tantas vidas. Bien hecho.

En octubre de ese 1902, Huerta pudo informar a Bernardo Reyes que la península estaba en paz, por lo cual fue ascendido a general de brigada.

Ahí, frente al padre Joyce y con su mujer haciendo un ruido insufrible en la cocina —a últimas fechas cada ruido, por leve que fuera, le retumba en la cabeza—, Huerta piensa que un ser embriagado —sobre todo eso: embriagado— por el poder, como lo fue él, no prevé la muerte; ésta no existe, y la niega con cada gesto y con cada decisión que toma. Si la recibe, será probablemente sin saberlo; para él no pasaría de un choque accidental o de un espasmo.

Por eso, la peor tortura que pudieron infligirle no fue matarlo en alguna de las tantas batallas en que participó, qué va, sino esta muerte, tan lenta e insufrible, que padece en su casita de El Paso, Texas, al lado de su mujer, con todos los amigos ya ausentes, los planes de recuperación del país abortados, y los ojos encendidos de un sacerdote —gringo, además— que no hace sino juzgarlo y aconsejarle que deje de beber. Por Dios. En esos ojos azules, como en una pantalla, vuelve a ver a cada una de las personas que mató por su propia mano —incluso a uno de sus soldados, que de pronto se sentó rendido a la orilla del camino y al que él le dio un tiro en la cabeza enseguida porque, dijo, "mis soldados no se cansan"—, sino también a los que mandó matar, que fueron tantos.

Su íntimo amigo Jesús Cepeda, gobernador del Distrito Federal, al que, después de una acalorada discusión, primero mandó preso a San Juan de Ulúa, donde alguien le pegó un tiro y luego fue lanzado al mar como carnaza de los tiburones; Abraham González, echado bajo las ruedas de un tren; Serapio Rendón, a quien se le pegó un tiro en la nuca cuando escribía una carta de despedida a su esposa; el senador Belisario Domínguez, que murió trágica y aparatosamente —le arrancaron la lengua— por haber llamado a Huerta dictador, traidor y asesino... Las muertes de Madero y Pino Suárez, que fueron como si las hubiera realizado por su propia mano, por lo que implicaban de traición y de inutilidad: pudo haberlos mandado exiliar sin ningún problema —¿no fue él mismo jefe de la escolta que acompañó a Porfirio Díaz a Veracruz, a abordar el *Ipiranga*, que lo llevaría exiliado a Europa?—, ¿pero qué le sucedió a él, a Huerta, con esa actitud tan incondicional y hasta la llamaría amorosa de Madero hacia su persona? Como si le adivinara un aspecto de fidelidad y de humanidad que el propio Huerta no se atrevía a reconocer en sí mismo. ¿O la tendría?

Pero la verdad es que nada odiaba tanto en Madero como su bondad, y por eso había que acabar con él cuanto antes.

De pronto, así de golpe, Huerta no soportó los ojos como cuchillos del padre Joyce. Se había puesto pálido y la taza de café empezó a temblar en su mano. Se incorporó de un salto de la silla, como escapando de una pesadilla. En realidad, en ese momento, el padre Joyce miraba hacia el suelo para no intimidarlo aunque, pensó Huerta, el muy maldito, con disimulo, lo espiaba por entre las pestañas. ¿Se estaría volviendo paranoico, como le diagnosticó uno de los doctores de Fort Bliss, pinche gringo? Se retiró del comedor rumbo a su recámara, sin despedirse, haciendo equilibrios entre los muebles y las vitrinas.

Esa noche tuvo sus últimas alucinaciones y escalofríos —Emilia le aplicó unas fricciones de trementina y de mostaza que medio lo hicieron entrar en calor— antes de que ella se decidiera, por fin, a llamar al doctor M. P. Schuster de Fort Bliss. El doctor, sospechando que la inflamada vesícula impedía que la bilis llegara al intestino, se inclinó porque se le practicara cuanto antes una intervención quirúrgica. La operación se realizó en un hospital de El Paso, el 8 de enero de 1916. El doctor Schuster removió varias piedras de la vesícula, pero informó a la prensa que hubo complicaciones serias. Mientras Huerta estaba en la mesa de operaciones, el doctor detectó una grave enfermedad degenerativa del hígado, muy probablemente cirrosis tóxica, común en alcohólicos crónicos. Dos días después, Huerta fue sometido nuevamente a cirugía, un procedimiento aparentemente simple de incisión para extraer líquido excedente del conducto intestinal, pero nada se hizo en cuanto a la cirrosis. Por cerca de tres días pareció que el enfermo mejoraba y se le llevó a su casa, pero luego empezó a decaer y a tener nuevas alucinaciones, según contaba su esposa. Decía que recibía la visita de Francisco I. Madero, que venía por él, que lo veía con toda claridad, tal cual lo vio antes, durante su *delirium tremens*, a través de una ventana que daba a la calle, con el jacquet y el pantalón claro a rayas, la camisa de cuello duro, el sombrero de hongo; que le pasaba las manos por la frente, le sonreía y lo tranquilizaba. Aquel Francisco I. Madero que tanto confió en él, hasta el absurdo y —¿por qué no reconocerlo, general?— la tontería.

El 12 de enero los médicos llamaron junto a su lecho al padre Joyce, con quien, ahora sí, habló largamente. Se preparó una breve adición testamentaria por medio de la cual dejaba sus —ya muy reducidos— bienes a su esposa, a excepción de una caja de documentos que confiaba al padre Joyce, en el sobreentendido de que el clérigo trataría de sacarlos de México para entregarlos a su familia, que haría los arreglos convenientes para su publicación. Huerta estaba ya muy débil para firmar el testamento pero logró poner una x en el lugar apropiado.

Con la estola en los hombros, cayéndole a ambos lados del cuerpo, el padre Joyce se inclinó sobre el agonizante, quien pareció sonreírle. El sacramento de la extremaunción cobró una solemnidad particular. Era el olor del aceite, sin ninguna duda. El aceite en los párpados, en los labios, en las manos, en las plantas de los pies. Al marcharse el sacerdote dejó un olor que se conservaba en el aire. Un olor a cera y a naftalina.

Al saberse de su muerte en México, uno de los historiadores más solventes de aquel entonces, Alfonso Taracena, escribió en su diario:

"Murió ayer a las ocho con treinta minutos de la mañana del 13 de enero de este 1916, el general Victoriano Huerta en su casa de El Paso, Texas. Se dice que llamó a un sacerdote al verse al borde de la tumba. Con éste tal vez no haya guardado su secreto en lo relativo al asesinato de Madero y Pino Suárez".

La Bombilla

Para José Emilio Pacheco, autor
de la segunda parte de esta historia.

El 17 de julio de 1928, el general Álvaro Obregón despertó al amanecer, como siempre, con el canto de un gallo que parecía terminar de ahuyentar las tinieblas. Dormir poco —y con pesadillas constantes— era una mala costumbre adquirida desde adolescente en su casa de Huatabampo. Tomó su reloj de la mesita de noche. Ese reloj sería un portento de relojería suiza pero sus agujas eran tan finas que apenas si se veían. Se lo colocó en el muñón y le dio cuerda. En una ocasión le preguntaron por qué no lo usaba en el brazo bueno, el izquierdo, y contestó: "¿Y quién le va a dar cuerda, su chingada madre?". Un débil rayo de sol que se colaba por entre las cortinas, lleno de polvillos en ascenso, destacó el perfil de los muebles.

    Se levantó y se puso las pantuflas, sin la agilidad de antaño. Sentía una rara y dolorosa pesadez, desobediencia de músculos, con hincadas en la espalda, que no aliviaban masajes ni medicamentos, ni siquiera los cocimientos de hierbas preparados por su masajista, la Lorenza, quien como buena hija de santero, mucho sabía de plantas y raíces, más eficientes la mayoría de las veces que los medicamentos de alta farmacia, anunciados en la prensa con hermosas alegorías y dibujos de convalecencia y salud recobrada. Jaló el cordón de la cortina de brocado con el sonido chasqueante de un telón que se levanta, que se abre a un paisaje insospechado donde todo era posible. Siempre admiró ese primer sol, que parecía a punto de dar un salto sobre la sombra inmensa. Entreabrió la ventana y respiró profundamente. Del jardín subía un olor herboso, muy penetrante.

Al ir rumbo al baño, flexionó un poco las piernas para darles agilidad. La verdad es que su malestar era de orden psicológico, y él lo sabía. ¿Para qué engañarse? Porque se acrecentó, de manera notoria, a partir de los últimos quince días, después del atentado que había sufrido camino a la Plaza de Toros: le colocaron una pinche bomba abajo del auto, que lo hirió levemente en la cabeza y en una pierna. Apenas un par de rasguños. Ni siquiera guardó el reposo que su médico le indicaba. Su respuesta a la prensa, que lo abordó enseguida, mostraba que, como siempre había dicho, la única forma de esquivar a la muerte —que es femenina, aseguraba— era despreciarla, mostrarle el puño y pasar por encima de ella. Declaró: "Nada de meterme a la cama, señores. En unas horas todo México se enterará de lo que ha pasado. Si lo hago, mis enemigos políticos se encargarán de esparcir el rumor de que estoy gravemente herido. Ahora más que nunca iré a los toros, tal como lo tenía planeado. Es el mejor escaparate para que todo el mundo sepa que estoy bien y que mis enemigos se enteren de que han fracasado una vez más. Que Álvaro Obregón llegará a la Presidencia de la República pésele a quien le pese, porque así lo quiere y lo ha manifestado en las urnas la mayoría de los mexicanos… Además de que torea Fermín Espinosa 'Armillita', mi torero predilecto".

Vaya noticia. Pero seguramente el susto le derramó la bilis y le provocó una fuerte contracción muscular, porque ya en los toros —y vaya faenón que hizo en el quinto toro "Armillita"—, carajo, sentía como que le bajaban culebritas por la espalda, de la primera a la última vértebra. No a cualquiera le explota una bomba bajo las patas y permanece impertérrito, por más que en la sesión espiritista a la que lo llevó Calles le hubieran asegurado que no le iba a suceder nada. Tranquilo, general, tranquilo. Tranquila su chingada madre, ustedes, fantasmas o seres vivos, no saben lo que es sentirse siempre al filito de la navaja, entre la vida o la muerte. En especial porque sólo habían pasado quince días de aquel maldito atentado. Con razón sentía como agarrotado todo el cuerpo. Es de humanos tener miedo, cagarse de miedo, aunque se aparente lo contrario. Dada su condición de caudillo —electo presidente de la República por el pueblo de México— tenía que demostrar al país que huevos no le faltaban. "La muerte es femenina y hay que mostrarle el puño para pasar sobre de ella", qué idea más chingona, aunque del todo falsa.

Sonrió mientras empezaba a rasurarse y arriscarse los bigotes.

Algo parecido le sucedió cuando perdió el brazo derecho, en la batalla de Celaya, en el año de 1915, por una granada que explotó a su lado. Le provocó tal desesperación verse sin su brazo derecho, que con la mano que le quedaba libre intentó suicidarse con su propia pistola. Por suerte, el teniente coronel Jesús Garza, que estaba junto, se lo impidió. Lo que es la vida: fue Jesús Garza quien hace apenas un par de años se había suicidado. Qué extrañas son las reacciones de los humanos hacia la muerte, hacia la fascinación de la muerte, habría que decir. Como en su poema aquél, que tanto le elogiaron los intelectuales a Obregón, ¿cómo lo tituló?:

Cuando el alma del cuerpo se desprende,
y en el espacio asciende,
las bóvedas celestes escalando,

las almas de otros mundos interroga,
y con ellas dialoga,
para volver al cuerpo sollozando.
Sí, sollozando al ver de la materia
la asquerosa miseria,
con que la humanidad, en su quebranto,
arrastra tanta vanidad sin fruto,
olvidando el tributo,
que tiene que rendir al camposanto.
Allí todo es igual: ya en el calvario,
es igual el osario;
y aunque distintos sus linajes sean,
de hombres, mujeres, viejos y criaturas
en las noches oscuras,
los fuegos fatuos se pasean.

El caso es que cuando un periodista le preguntó cómo había recuperado el brazo perdido, contestó sonriendo: "Muy fácil. Eché una moneda de oro al aire y mi brazo cercenado salió volando a cogerla". Respuesta que, en buena medida, le inspiró su amigo, el escritor español Ramón María del Valle-Inclán, quien manejaba varias versiones sobre cómo había perdido su brazo izquierdo. Que si él mismo se lo mutiló para distraer a un león que lo perseguía; que si se lo cortaron porque no había carne para el puchero —¡jale aquí y corte sin piedad!, le ordenó a su mayordomo—; que si lo perdió tratando de forzar la recámara de una mujer esquiva; que si se lo arrancó el bandido mexicano Quírico durante un duelo en un campo desolado. Pero Valle-Inclán, en un momento de intimidad después de unos coñacs, le confesó: perdí el brazo en una riña en el Café de la Montaña, en Madrid, entre la calle de Alcalá y la Carrera de San Jerónimo, durante una reyerta trivial con un grupo de gandules, en la que, por un golpe casual, se me incrustó la mancuernilla en el antebrazo, gangrenándolo y necesitando amputarse en consecuencia.

Buen humor el de don Ramón. En una foto que siempre conservó Obregón estaban los dos en la Plaza de Toros de la Condesa, aplaudiendo juntos, cada uno con la mano que le quedaba, ya que Valle-Inclán era manco del brazo izquierdo y Obregón del derecho.

Puso agua de colonia francesa —con una ligera fragancia a maizales— en las mejillas, a las que palmeó suavemente. Recordó que Pancho Villa le decía "El perfumado". Cabrón.

Por supuesto, no creía que la muerte fuera femenina y hubiera que mostrarle el puño y pasar sobre de ella. Pura retórica, indispensable en el juego político. Sobre la muerte podía hacer bromas y enfrentarla con valentía, a las mujeres de ninguna manera. Quizá por eso le afectó tanto la muerte de su madre y hasta tuvo una premonición de lo más dolorosa. A los quince años trabajaba en una hacienda de su hermano Alejandro, situada como a treinta leguas de Huatabampo, donde vivían. Una noche de lluvia, despertó sobresaltado, llorando y con una angustia que no le dejaba las manos quietas. Su hermano le preguntó qué le sucedía y él le contó que acababa de soñar... que su madrecita se moría... Veía clarito cómo se le alejaba el aire del cuerpo y se volvía un puro montoncito de huesos... Su hermano le echó la culpa a la cantidad de frijoles que habían cenado y muy tranquilo se volvió a dormir. La presencia de la lluvia se fue volviendo como el rumor de una catarata lejana. Pero él ya no pudo pegar los ojos, y casi diría que ni siquiera se sorprendió —el verdadero miedo ya lo había sufrido antes— cuando al amanecer escucharon el galope de un caballo que se acercaba a la casa de la hacienda. En efecto, era un enviado que iba a informarles que su madre había muerto de un ataque al corazón esa misma noche en la casa de Huatabampo. Esa experiencia marcó su relación con las mujeres —a pesar de haberse casado dos veces— porque siempre las mantenía a distancia, con respeto pero a distancia, sus reacciones efusivas le provocaban alergia y quizá por ello no había tenido amantes, por más que oportunidades no le hubieran faltado. A su segunda esposa, María Tapia, siempre la había tenido alejada de la atención pública. ¿Influiría que su padre murió a los pocos meses de haber nacido él, y que lo educaron su madre y sus hermanas mayores: Cenobia, María y Rosa? Cuántas lágrimas femeninas vio desde niño derramarse a su alrededor. Qué chinga nos han parado las mujeres, porque la verdad es que desde el inicio de los tiempos, uno de los papeles más importantes que han jugado ha sido el de lloronas. Es bueno llorar y lamentarse en los funerales, así como es bueno regocijarse con un nacimiento, pero ellas exageraban. No lo soportaba. Había que verlas nomás. Se quebraban sus voces añosas, hacían sus corrillos a la menor provocación, un ovillo interminable de susurros y chismorreo, ssshhhittt, más quedito, no nos vayan a oír los hombres, ese rumor de ellas, adornado con una tibieza conmovedora, enternecedora, patética. Como si esas voces ancestrales, atávicas, resucitaran siempre ante el nacimiento o la muerte de un nuevo ser llegado al mundo. Una liturgia en la que ningún hombre podía participar, y menos un militar bragado como él.

Desde niño aprendió a luchar contra los elementos naturales. Las heladas, el chahuistle, la lluvia, los huracanes, el sol del desierto; carajo, podía asumir los asesinatos de Carranza y Villa, la matanza de Huitzilac, la guerra cristera, el exterminio de los yaquis, pero de las viejas era mejor mantenerse a distancia, bien lo sabía. El deber cumplido y el ejercicio del poder le resultaban un afrodisiaco suficiente. Cuando la Lorenza le propuso leerle la suerte en el poso del café —ahora que, parecía, tantos seres oscuros atentaban contra su vida—, Obregón abrió unos ojos enormes y le respondió que de ninguna manera, Lorenza, porque él sabía muy bien lo que sucedería en su futuro, gracias a sus visiones —o entrevisiones, no había que sonar pretencioso—, tenía clara conciencia de los obstáculos y las circunstancias que se abrían y abrirían ante él en los años siguientes. De quién cuidarse y de quién no.

—Mira, Lorenza, hasta sé cuántos años voy a vivir. ¿Cómo la ves?

—¿Cuántos, mi general?

—Ochenta y ocho, ni uno más ni uno menos.

—¿Cómo lo sabe?

—Lo sé y punto.

—O sea: usted va a estar aquí entre nosotros hasta que cumpla los ochenta y ocho. Y apenas tiene cuarenta y ocho.

—Así es.

—O sea también, mi general: usted sabe que por más que atenten contra su vida no le va a pasar nada, le van a hacer los mandados.

—Tal cual, Lorencita. Y mira que no les ha faltado oportunidad a mis enemigos para acabar conmigo. ¿Crees que no supe el peligro que corría metiéndome en la guarida de Pancho Villa, así, desarmado, dizque para demostrarle mi buena voluntad, despertar su confianza y negociar con él? Si alguien conocía bien a Villa era yo, ah pero qué voluptuosidad enfrentarlo aparentemente sin una gota de duda… Todo iba bien, pero me pescó en una triquiñuela, y eso Villa no lo perdonaba. Enseguida mandó formar el pelotón de fusilamiento. Entonces le pedí que, como última voluntad, le entregara a mi hijo una carta que acababa de escribirle. Villa la leyó y se soltó llorando, llorando a moco tendido, y ya no fue capaz de matarme. Siempre guardo conmigo esa carta. Escúchala. Hay una parte en que dice: "Queridísimo hijo: cuando recibas esta carta habré marchado con mi batallón para la frontera norte, a la voz de la patria, que en estos momentos siente desgarrada sus entrañas, y no puede haber un solo mexicano de bien que no acuda. Moriremos, pero moriremos bendecidos por la Revolución. Yo lamento que tu cortísima edad no te permita acompañarme. Yo también fui huérfano de padre a muy temprana edad y sé lo que eso significa. Pero, a pesar de ello, te digo que si me cabe la suerte y la gloria de morir en esta causa, que la Revolución bendiga también tu orfandad y con orgullo y la cabeza en alto podrás llamarte hijo de un patriota, porque la patria es primero, antes que cualquier otra cosa y por eso no puede haber mayor alegría que dar la vida por ella…". ¿Podría yo suponer que esa carta a mi hijo me salvaría la vida? ¿Con un hombre tan impredecible como Villa? Por supuesto que no. Mi buena suerte me salva la vida siempre en el último momento.

—Ay, general, qué privilegio trabajar para usted.

No aceptó que la Lorenza le leyera la suerte en el poso del café, pero aceptó ir a una sesión espiritista —una sola— a la que lo invitó Calles.

—Tú que tienes tantas visiones y premoniciones, Álvaro, tienes que acompañarme. Tú me has dado muy buenos consejos, déjame que yo te dé uno: ven conmigo a esa sesión espiritista y verás cuántas cosas se te van a aclarar, Álvaro.

Y vaya que si le aclararon cosas. Cupieron cómodamente alrededor de la mesa de un comedor, con una carpetita de paño adaptada para el caso. La médium dijo que se inspiraba mejor con un poco de luz sobre ella y dejó una pequeña linterna en el centro de la mesa, la que, una vez hecha la cadena, le daba un aspecto perfectamente monstruoso.

Obregón sentía crisparse la mano de Calles en la suya. Del otro lado, la mano de una mujer desconocida le producía la clara impresión de un pescado recién salido del agua.

La médium repitió varias veces el nombre de Porfirio Díaz:

—Porfirio, nos acompaña en esta sesión el general Álvaro Obregón y necesitamos tu presencia para que lo aconsejes. Sabemos que andas por aquí desde la sesión anterior, en que te convocamos y nos acompañaste. Pero hoy son de vital importancia para el futuro de México tus palabras.

Un hombre, ubicado en el otro extremo de la mesa, interrumpió sin miramientos.

—Suéltenme la mano un momento —dijo—. Necesito sonarme la nariz.

Soltó una especie de bramido en el pañuelo, que alteró el aire estancado de la mesa, desconcertándolos a todos. Sólo la médium permanecía inmóvil, con el rostro alargado y como de cera, en escorzo, dentro del chorro de luz muy blanca.

—¿Vas a venir o no, Porfirio?

De pronto, la médium empezó a respirar pesadamente hasta alcanzar un ronco estertor, imitando a la perfección a una mujer en plena agonía.

—Creo que ya cayó —dijo un tipo un par de lugares después de Obregón.

Lo anunció un instante antes de que la voz de la médium cambiara de tono, volviéndose notoriamente masculina y muy ronca. La médium tenía la cabeza tan echada hacia atrás en el respaldo de la silla que parecía desprendida del cuerpo.

—Aquí estoy.

—¡Es él, Porfirio! —gritó una mujer algunos lugares más adelante de Obregón, con un chillido tan hiriente que la mano de su compañera se revolvió en la suya como un ciempiés.

Era una voz seca e impostada, como de un muñeco de ventrílocuo, pero de una marcada virilidad.

—Aquí hace mucho frío —dijo, de entrada.

Ellos, por el contrario, padecían un calor espantoso porque la médium había cerrado todas las ventanas antes de empezar la sesión.

—Porfirio —dijo la médium—, dale algún consejo a Álvaro, de ser posible dile lo que le va a suceder en el futuro inmediato.

La voz, siempre ronca, muy alta, se adelgazó por la emoción hasta casi volverse inaudible, muy pausada.

—Qué bueno que puedo compartir contigo esta experiencia, Álvaro. Te conozco muy bien, sé de ti por una infinidad de referencias que me dan aquí, en este otro mundo, y te aseguro que estás señalado por el dedo del destino para salvar a nuestra amada patria. Volver a adormecer el tigre que despertó Panchito Madero. Sólo necesitas redoblar tu paciencia y tu valor, lo que no será fácil, te lo puedo adelantar, porque aún recibirás un par de pruebas muy dolorosas.

—¿Cuáles, cuáles? —quiso saber alguien.

—Especialmente un atentado en el próximo mes de julio, que Álvaro deberá enfrentar tranquilamente porque saldrá indemne de él, se lo puedo asegurar. Hay cosas de allá que desde aquí se ven con toda claridad.

—¿Y Dios? —preguntó alguien.

—Dios debe de estar lejísimos porque todavía no hemos recibido noticias de Él, aunque hay algunos compañeros que aseguran estar a punto de acceder a planos más elevados del espíritu y entonces recibir noticias más frescas de su ubicación. Por eso, aquí donde estamos casi no hablamos de Dios. ¿Para qué si nos tiene medio olvidados, por decir lo menos?

—Por último, Porfirio, infórmanos, ¿cómo se ve desde allá, desde el más allá, nuestro país en estos momentos? —preguntó alguien.

Hubo un silencio de plomo. La médium tenía la cara ligeramente de lado, con un perfil afilado y la luz de la linterna espejeándole en los lentes. La voz de Porfirio contestó, muy ronca, con otra pregunta:

—¿Qué es México para los mexicanos sino un enigma, un vago fantasma, un monstruo sin nombre? Pues aquí, en el otro mundo, la imagen se magnifica. Aún mayor desprecio nos producen los egoístas que son incapaces de renunciar a sus privilegios, conseguidos con la sangre de los más pobres, o que los pusilánimes que no se atrevan a reclamar ninguno de sus derechos. Por eso en la reunión privada que tuve con Panchito Madero le dije: "Hagamos una especie de representación teatral, yo soy el malo y tú eres el bueno. Pero aguas con nuestros enemigos mutuos porque te van a sacar las uñas. Duro con ellos". Pero Panchito no hizo caso de mis consejos por su ingenuidad y su bondad irredenta y echó a rodar nuestro proyecto y al país mismo. Por eso, mi único consejo al compañero Álvaro es: mano firme, puño de hierro y detecta muy bien a tus enemigos. Si todo sale bien, aquí nos vemos… ¿te gusta, Álvaro? Dentro de unos cincuenta años… por lo menos…

—Gracias, Porfirio —la médium sacudió la cabeza como si la sacara del agua y soltó un gemido

preocupante. Cambió de voz como dicen los psiquia-
tras que les sucede a los enfermos que padecen de una
doble personalidad. Pero enseguida le vino un desva-
necimiento: la cabeza le rodó por un brazo y fue a
golpearse con el filo de la mesa (tuvo que dolerle en
serio). Todos se pusieron de pie y fueron a auxiliarla.
Calles mantenía un gesto duro, aún más cuadrada la
quijada, y en voz baja le dijo a Obregón:

—¿Ves cómo no tienes de qué preocuparte en
relación con nuestros enemigos, Álvaro?

Abrió las llaves de la bañera, templando el
agua, a la que agregó algunas hojas medicinales para recomponer el cuerpo y ayudar, según le explicó
la Lorenza, a la expectoración después de un día de
fatigas, con poco sueño y abundantes pesadillas. Se
friccionó la espalda con un cepillo de cerdas naturales y suavísimas. La limpieza, el cuidado del cuerpo,
habían sido para él la única religión que practicaba
a conciencia.

En fin, cabía pensar que después del atentado
de quince días antes —y, sobre todo, con el fusilamiento de los implicados— no habría otro y podía
prepararse más tranquilo para volver a gobernar
México. Siempre les había tenido resquemor a los
mochos —él, que tenía un brazo mocho— y precisamente por eso convenció al presidente Calles de
que mandara fusilar al tal padre Pro, una especie de
santo, según se decía, para darles un buen susto a los
ensotanados y que dejaran de conspirar contra el gobierno de una buena vez. Calles como que primero
se resistía, pero gracias a la notoria autoridad que tenía Obregón sobre él, finalmente accedió. A últimas
fechas sentía a Calles un tanto más cuanto esquivo,
distraído, más atento a lo bizarro, a minucias frag-
mentadas e inservibles, que a aquello que era central. ¿Sería porque estaba a punto de perder el poder?

No era fácil hacerse a la idea de perder el poder, que se lo dijeran a él, a Álvaro Obregón, quien no resistió —imposible resistirse— al llamado que le hizo el pueblo de México para que volviera a gobernarlo. Ninguna otra emoción podía comparársele a la del deber cumplido, a la de conducir con rienda corta, con mano férrea —como se le aconsejó en la sesión espiritista—, a todo un pueblo, a su pueblo, que por algo lo había empezado a llamar "padrecito". "Padrecito" de México. Qué atractiva responsabilidad. Aunque —había que reconocerlo— toda pasión profunda exige cierto grado de crueldad, y él no se iba a andar con miramientos con sus enemigos, ya lo había demostrado. ¿Creían que no sabía él, desde mucho tiempo atrás, que su mejor amigo, Pancho Serrano, lo iba a traicionar? Por eso, por el rencor que le guardaba, la última broma que le hizo fue demasiado amarga, porque se la hizo ya muerto. Hay que tener cuidado con las bromas que les hacemos a los muertos, porque tienen más posibilidades de venganza que nosotros, que aún estamos vivos. Serrano murió en Huitzilac el día de su santo, y cuando Obregón fue personalmente a la morgue a reconocer su cadáver —quería verle el rostro por última vez— le levantó la cabeza tomándolo por el cabello y le dijo, riéndose: "¡Tu cuelga, Pancho!". Recorrió las piernas bien enjabonadas con el cepillo de cerdas naturales, suavísimas. Pero sus ojos muertos lo miraron fijamente —hay que ver la forma tan fija en que nos miran los ojos de los muertos que hemos amado— y supo que esos ojos de Pancho Serrano ya muerto no se saldrían más de él, como tantos otros ojos de muertos que había visto a lo largo de su vida. Por algo su mayor cualidad era la memoria: se sabía capaz de recordar el orden completo de una baraja dispuesta al azar con sólo ver las cartas una sola vez. Pudo memorizar *La Suave Patria* de López Velarde y recitársela completa a Vasconcelos apenas acababa de leerla. Tanto como reconocer, de un solo vistazo, cuanto rostro se hubiera cruzado frente a él y hasta recordar los gestos y señas que delataran las ambiciones y deseos más secretos. Por eso, porque adivinaba las más oscuras intenciones de la gente, superó a todos en todo, y era un general invicto en el terreno que fuera. A Calles le arrebató el dominio sobre el Congreso. Serrano y Gómez, que quisieron competir con él por la Presidencia, murieron asesinados. A Eugenio Martínez, jefe militar del Valle de México y aliado secreto de Serrano, que intentó el último cuartelazo, lo destituyó y lo envió al destierro. A Morones le neutralizó la mayoría de sus sindicatos afiliados a la CROM.

El general Obregón no podía andarse con miramientos, bien le aconsejó don Porfirio desde el más allá.

Benjamín Hill murió envenenado. Fusiló a Murguía, quien tanto contribuyó a su victoria sobre Pancho Villa. El cadáver de Lucio Blanco apareció flotando en las aguas del Bravo.

¿Podía haber sido de otra forma?

Salió de la tina y después de secarse se puso un talco muy fino, llamado Venecia, especial para evitar la sudoración a lo largo del día.

Carajo, de lo que estuvieron a punto de privar los pinches mochos a este pobre país. Porque siendo presidente electo en este momento —sus partidarios violaron sin remedio "un poquito" la Constitución a fin de que pudiera reelegirse—, con cuarenta y ocho años de edad, en 1940 tendría apenas… sesenta años. En 1950, setenta años… En 1960, ochenta años… En 1968, ochenta y ocho años… ¿Cómo sería México en 1968? ¿Qué retos enfrentaría? Imposible que su ojo de lince llegara tan lejos, pero estaba seguro de que su mano dura le sería tan útil al país como ahora mismo.

Después de varias sesiones de trabajo en su propia casa, a las doce y media en punto Obregón salió rumbo al restaurante La Bombilla, en donde se había organizado un banquete en su honor. Al subir al Cadillac negro, el general Roberto Cruz, jefe de la policía, le dijo que se había revisado perfectamente el restaurante para comprobar que no se hubiera colocado alguna nueva bomba.

—No se preocupe, general Cruz —le respondió Obregón sonriente—, siendo La Bombilla a donde vamos tendría que ser una bomba muy pequeña.

Las soldaderas

El mayor Jesús Cadenas casi me convenció de no ir a buscar a Pancho Villa a la sierra de Chihuahua, como lo tenía yo planeado, y mucho menos llevar conmigo a mi mujer.

—¿Estás loco, muchacho? Villa ya no quiere más soldaderas en su ejército por los problemas que le han provocado. Cree que un ejército moderno debe estar formado únicamente por hombres que ocupen todos los puestos de línea, sin la monserga de traer atrás a las viejas corriendo desaforadas, tropezándose y volviéndose a levantar, con sus escuincles moquientos, sus ollas, sus cacerolas, sus peroles, sus aperos para dormir sonándoles como cencerros.

Estábamos en la única cantina de Tosesihua, un pueblito abatido por el frío aun en el verano, que descansa en un angosto valle, tan angosto que casi merece el nombre de cañada, y por eso los montes de los alrededores le caen encima en forma opresiva y jalan con ellos el frío a todas horas.

El mayor Cadenas no dejaba de mover las manos y hablaba con voz pastosa. Se entendía: había bebido más de media botella de sotol, ese licor tan popular en Chihuahua, destilado de la lechuguilla. Aunque su boca sonreía por momentos, en sus ojos inquietos aleteaba algo furtivo y alarmado, y la postura de su cuerpo —los hombros echados hacia atrás, las piernas cruzadas con un pie en constante contoneo—, era a la vez forzada, nerviosa y vigilante.

Nuestra mesa estaba en el fondo de la cantina y pegada a la pared. En el centro y cerca de la barra había grupitos de hombres envueltos en nubes de humo, arracimados, formando puñitos, rostros compactos, bebiendo, fumando, riéndose o cuchicheando como avispas. Una franja de sol pálido asomaba furtivamente por la ventana, como sin decidirse a perderse por el entrecortado perfil de las montañas.

Me dijo que, precisamente porque lo conocía tan bien, Villa ya lo tenía decepcionado, lo tenía decepcionado del todo, y no sólo por su barbarie y crueldad, sino sobre todo por su inestabilidad ideológica. Hoy peleaba contra los gringos, e incluso intentó invadir la ciudad norteamericana de Columbus, pero más por el reconocimiento que le dieron los gringos al gobierno de Carranza que por una verdadera convicción política. Pero si Villa había sido pro gringo hasta hacía muy poco. ¿Sabía yo del contrato que firmó con una compañía cinematográfica norteamericana para que lo filmaran en exclusiva? ¿Y sabía que cuando la invasión a Veracruz ofreció no intervenir y hasta le mandó de regalo un sarape de Saltillo al general Hugh L. Scott, encargado de la invasión? Había habido varios Villas y el de la actualidad, le parecía al mayor Cadenas, era el peor. Qué diferente aquel Villa con el que trabajó en el Palacio Municipal de Chihuahua, que creía que con "tierra para el pueblo y escuela para los niños" resolvería todos los problemas del estado. Estableció más de cincuenta escuelas en el breve tiempo de su gobierno militar —veía a un grupo de niños pobres jugando en la calle y ahí mismo les mandaba abrir una escuela—, repartió cuanta tierra pudo, estableció un decreto por el cual se expropiaban sin indemnización las haciendas más ricas, las cuales quedaron en manos de sus trabajadores, y puso también a sus soldados a estudiar y a trabajar en el molino, en el rastro, en los tranvías o en la vigilancia policiaca, pues sólo el estudio y el trabajo justificaban los tiempos de paz.

—¡Un verdadero Robin Hood, carajo!

El mayor Cadenas hizo un ademán de desesperación abriendo mucho los brazos. Sobre la cal de la pared se recortó su silueta a la luz de la lámpara de queroseno que teníamos encima. Parecía un fantasma que quisiera aprisionar entre sus brazos informes el halo amarillento del mechero.

Yo sólo bebía cerveza. Me la servía en el tarro muy lentamente, paladeándola desde que veía la espuma muy blanca burbujear, inflarse y finalmente romperse en pequeños cráteres.

Hoy me iba a encontrar que los mismos rancheros, antes villistas, ya no lo querían, porque Villa robaba y destruía todo a su paso desde que había asumido, hasta sus últimas consecuencias, su papel de guerrillero desalmado. En su desesperación había desarrollado un infinito deseo de venganza. Su odio tenía hoy la fuerza que antes tuvo su ejército. Ingresar a las filas del villismo significaba quedar fuera de la ley, convertirse en bandolero, en robavacas de la peor ralea y en las peores circunstancias porque ya ni había nada que robar —y vacas menos que nada— en los pueblos y en las rancherías de los alrededores y sólo se arriesgaba uno a que en cualquier momento lo mataran los carrancistas, que estaban por llegar.

Ah, esa crueldad de Villa que a él, al mayor Cadenas, casi lo enloquece por las cosas que vio, que tuvo que ver, y que lo clavaron en la bebida como único refugio. El derrumbe emocional que le significó, no podría describírmelo, y al decirlo le dio otro trago a su copa de sotol. Salud, dijo, chocando su copa con mi tarro de cerveza. En San Pedro de la

Cueva, por ejemplo, Villa mandó fusilar a todos los que se negaron a seguirlo, y de veras que fueron un montón. Al cura del lugar lo mató con su propia pistola, cuando de rodillas se le abrazaba a las piernas pidiéndole clemencia. "Por diosito santo, por diosito santo, clemencia", gritaba el pobre cura. Pero cuál clemencia si Villa se había vuelto inclemente. Sus órdenes eran de lo más precisas: "Aquellos que se rehúsen a ingresar a mis filas, serán fusilados. Aquellos que se escondan y no se les encuentre, sus familias pagarán la pena".

Ahora sólo una levísima claridad se colaba por el cristal empañado de la ventana. Parecía que la noche titubeaba en llegar. La cantina estaba repleta y las siluetas temblequeaban semidisueltas en los nubarrones de humo, entre los gritos y las carcajadas. Al mecerse, la lámpara de queroseno rescataba de la pared encalada fugaces rajaduras, inscripciones, dibujos obscenos.

—También, en Santa Isabel, Villa fusiló a un grupo de mineros norteamericanos —continuó el mayor Cadenas, sin dejar de levantar su copa y mover las manos ampulosamente—. Una madrugada le caímos encima al tren que llevaba el vagón con los gringos. Lueguito le soltamos bala y tuvo que detenerse. Fui uno de los encargados de bajarlos, dentro de un gran desorden porque en los pasillos mal alumbrados y en los dormitorios todos gritaban en inglés, se quejaban, aullaban y salían abotonándose las camisas o ajustándose los cinturones. Afuera, Villa clamaba: "¡Que no quede ningún pinche gringo escondido por ahí!". Por uno de ellos, muy remilgoso, tuve que ir hasta un saloncito con alfombra y sillones de terciopelo rojo. A punta de cachazos lo saqué para que se formara, junto con sus compañeros, afuera del tren, en hilerita a lo largo de la vía.

Villa les ordenó que se desnudaran, que se desnudaran del todo, incluso que se quitaran los calzoncillos, porque en esa forma iban a ser fusilados, denigrándolos aún más por ser gringos, sólo por eso. Creo que más que fusilarlos, me dio pena verlos desnudarse. No dejaban de temblar (hay que pensar que era pleno invierno, sería injusto achacarle toda la tembladera al miedo), con la piel pecosa aún más pálida y transparente en la helada claridad de la mañana. Algunos se hincaban, juntaban las manos, clamaban al cielo, se movían de un lugar a otro, no había manera de mantenerlos quietos; uno de ellos, llorando a moco tendido, hasta se orinó y se cagó, situación de lo más vergonzosa que preferí no ver volviéndome un poco. Otros, hasta eso, permanecieron muy derechitos y con la mirada imperturbable, si acaso con los labios apretados y las venas del cuello palpitantes. Luego Villa nos comentó que se saltó el trámite de preguntarles su última voluntad porque de todas maneras, al decirla en inglés, no íbamos a entenderla. Y soltó una carcajada que le acentuó el brillo de los ojos. Ese brillo tan especial que yo no dudaría en calificar de demoniaco y que le apareció justo a partir de sus deseos infinitos de venganza.

Las bolsas de los párpados del mayor Cadenas eran azuladas, las ventanillas de su nariz le latían como si hubiera corrido una larga carrera. Después de cada trago de sotol miraba nostálgico las moscas que nos acosaban, sonreía con una sonrisa más bien triste. Y no dejaba de mover las manos.

Pero su derrumbe, el del mayor Cadenas no el de Villa, vino con lo sucedido en Santa Rosa, Camargo, a raíz de arrebatarles a los carrancistas la estación ferroviaria del lugar. ¿Me había yo enterado? Unas noventa soldaderas y sus hijos fueron hechos prisioneros, con el único fin de llevarlas a Chihuahua y ahí, ya en la cárcel, convencerlas de que rectificaran el bando en el que peleaban, tal como había sucedido en el pasado en muchísimas ocasiones. De pronto, ahí mismo en la estación, cuando se organizaba el acarreo de las prisioneras, se escuchó un disparo seco y solitario. Un disparo que a todos los presentes nos sorprendió y que, sin lugar a dudas, salió del mero centro del grupo de soldaderas. Ante nuestra incredulidad, la bala silbante atravesó el sombrero de Villa, quien se enfureció como pocas veces lo habíamos visto, lo que ya es decir. Por milímetros estuvieron a punto de matarlo, era cierto. Se acercó a las soldaderas y desde la altivez de su caballo tordillo, y con su voz más dura, les ordenó que señalaran a la culpable del atentado, sólo quería identificar a la culpable. Era una voz como el brillo de sus ojos: más cerca de lo diabólico que de lo humano. Pero la bola de viejas se quedó quieta, se quedó quieta del todo, y ninguna de ellas abrió la boca. ¿Imaginaba yo lo que sucedió entonces? Villa las amenazó muy en serio con fusilarlas a todas si no hablaban, pero de nuevo todas se quedaron quietas como estatuas y con los labios como sellados para evitar cualquier tentación de denuncia. Villa aún probó una cierta solución al conflicto soltándole un plomazo certero a la soldadera que tenía más próxima: que se asustaran las pinches viejas, que comprobaran que no hablaba en vano, estaban nada menos que frente a Francisco Villa, con toda la tradición y el símbolo que cargaba a cuestas. La mujer herida cayó al suelo desgajada, como un puro montoncito de trapos, pero las demás no se movieron y ni siquiera pestañearon. Entonces Villa jaló un momento la rienda de su caballo para que relinchara y gritó a voz en cuello: "Viejas tercas, púdranse pues todas", y dio la orden de que las fusilaran ahí mismo, enseguida, con todo y sus hijos, que de todas maneras ya huérfanos para qué iban a servir.

El mayor Cadenas me dijo que la escena indescriptible del fusilamiento de las soldaderas lo decidió a separarse de Villa y a esconderse en Tosesihua, con todos los riesgos que ello le implicaba, pero quién soportaba aquella clase de espectáculos. Ver a las mujeres caer así, una por una, y luego a sus hijos de diferentes edades. Hasta a los bebés los mandó matar.

Las fusilaron por grupitos, de diez en diez, y los gritos y los llantos de las mujeres y sus hijos —se besaban, se abrazaban, se daban la bendición, no había manera de separarlos— se le quedaron grabados para siempre al mayor Cadenas, martilleándole la cabeza hasta casi volverlo loco. En especial cuando les daban el tiro de gracia a las mujeres y a los niños, algo inconcebible. Y volvió a beber de golpe una copa de sotol.

Así que para qué me iba yo con Villa, si Villa ya no era Villa, era del todo "otro" Villa. Y al decir "otro", me pareció que el mayor Cadenas trató de imitar la nueva mirada de Villa. Una mirada en que los ojos parecían papalotear como aves enloquecidas en las órbitas.

Luego, el mayor Cadenas ya casi no podía hablar. Su voz se fue apagando, como si se le alejara, se le fuera de la garganta. Largos bostezos interrumpían las palabras, que salían rozando los labios casi cerrados. Cuando vi que su cabeza rodaba sobre sus brazos acodados en la mesa y empezaba a roncar, me puse de pie, pagué la cuenta y pensé que lo mejor era marcharme. Bastante trabajo iba a tener el resto de la noche con las dudas de buscar o no a Villa.

Ángeles y el oro

Villa estuvo en la estación de tren de Chihuahua a recibir al general Ángeles. Fue a finales de aquel turbulento 1913. Iba acompañado de su escolta y una banda de música. Todos reverberaban dentro de la franja de calor: los soldados con sombrero de fieltro gris, de ala doblada, pañoletas, cananas cruzadas sobre el pecho, los músicos con sus instrumentos metálicos al hombro, los caballos relinchando impacientes, la figura del propio Villa en su caballo tordillo parecía hecha de un macizo bloque de madera, rudamente tallado, ya con algo de estatua, sonriente, mostrando los dientes como granos de maíz destellantes al sol.

Cuando descubrieron a Ángeles en una de las ventanillas del tren todo empezó a animarse, como si una imagen congelada de pronto cobrara vida. Hubo gritos festivos y música destemplada.

—¡Ese mero es nuestro general Felipe Ángeles!

En su discurso de bienvenida, Villa dijo palabras que le enrojecieron los ojos:

—Nos da gusto tenerlo aquí, general, por lo que usted vale, que es mucho, pero también por lo que nos trae del presidente Madero, a quien usted acompañó hasta sus últimas horas. Por eso, general, yo y mis tropas vemos en usted un símbolo de la verdadera Revolución, la que viene de lo más hondo de nuestro pueblo, la que de veras busca acabar con todas las desigualdades y todas las injusticias. Además, vemos en usted un alto ejemplo del militar de carrera. Quiero a partir de ahora tenerlo siempre junto a mí, pues no siendo yo militar de carrera sino simple soldado hecho en los azares de la vida, la enseñanza de usted, y a veces hasta su pura presencia, serán el triunfo seguro de nuestra causa.

Villa había instalado sus oficinas en una antigua residencia del Paseo Bolívar. Allí fueron a platicar esa noche, después de la cena. Recorrieron el largo chorizo de piezas que se sucedían pasando el zaguán, recargadas con jarrones de porcelana y taburetes, muebles patinados y cuadros religiosos en garigoleados marcos. Se instalaron en uno de los salones, en altos sillones de brocado, junto a una lámpara que despedía una sombra como la de un gran pájaro. Ángeles encendió un cigarrillo, Villa dijo:

—Tengo ahorita mismo más de tres mil quinientos hombres destacados desde Camargo hasta Escalón, y ya está muy avanzada aquí en Chihuahua la organización de la mayor parte de mi ejército para nuestro avance hacia el sur.

—Algo me enteré de que los planes de Obregón respecto a la zona lagunera no coincidían con los suyos.

—El compañerito Obregón tiene sus ideas y yo tengo las mías. Pero él es el equivocado, no yo. Hablaba de encerrar en Torreón a los federales, de dejarlos ahí y de avanzar mientras nosotros con nuestro ejército hasta el centro de la República. Pero yo estoy seguro de la conquista de Torreón. No tengo ninguna duda. Y verá que vamos a dejar retorciéndose de coraje al compañerito Obregón.

En algún momento, Ángeles le hizo una pregunta crucial:

—¿Y cómo anda de dinero, general?

—¿De dinero? —y Villa echó el cuerpo hacia atrás en el sillón, haciéndose más prominente el vientre, en el que puso las manos abiertas, palmeándolo ligeramente—. He tenido problemas de dinero y hasta imprimí mis propios billetes, pero ahora tengo todo el que necesito. Mejor dicho, el oro. Venga, acompáñeme.

Fueron a una de las recámaras, cerradas con llave. Villa la abrió con aire furtivo, guiñándole un ojo a Ángeles. Adentro, en la penumbra, se distinguían una cama de dosel, gruesos cortinajes y un tocador con frascos y figuritas de porcelana. Villa encendió un quinqué y lo llevó en alto hasta un rincón cerca de la cama, en donde había un baúl abierto, repleto de monedas de oro.

—Vea nomás, general.

—De veras, por lo pronto problemas de dinero no tendrá. ¿Cómo se hizo de esta cantidad de oro?

—Casi todos los hombres ricos que había por aquí se fueron con las tropas huertistas y se llevaron lo que más de valor tenían. Quedaron los menos ricos y les pedí que se aprontaran a prestar su ayuda económica a la causa del pueblo. Juntamos muy poco y ya empezaba a desesperarme cuando uno de ellos chismeó que don Luis Terrazas se había quedado y él sí tenía dinero. Lo traje preso y después de apretarle un poco las tuercas, confesó que él no tenía dinero porque se lo había llevado su familia, pero sabía dónde lo había: en una columna del Banco Minero, pero no se acordaba en cuál. Allá fuimos y le metimos mano a todas las columnas con un zapapico, hasta que lo encontramos. Nos cayó como cascada de oro encima. Lueguito nos pusimos a contarlo. Cuando Luis Aguirre Benavídez llevaba seiscientos mil pesos le dije párele; y ese montón que sobra llévelo a mis oficinas para que de él cojan los amigos.

Don Luis Terrazas narró tiempo después en una carta lo sucedido al referirse Villa a que tuvieron que "apretarle un poco las tuercas".

"Me encerraron en una pequeña celda y ahí me golpearon hasta que se cansaron, pero ni por ésas confesaba yo dónde estaba escondido el oro. Entonces una mañana Villa mandó decir que ya los tenía hartos con mi falta de solidaridad revolucionaria y que mejor me iban a ahorcar de una buena vez. Me sacaron de la prisión y me subieron en un automóvil. En pleno campo abierto se detuvieron junto a un árbol. Al bajarme del automóvil un tal Pascual Tostado todavía me dio de cintarazos mientras gritaba: '¡Es tu última oportunidad, pendejo, ya mejor habla, di algo!'. Uno de los cintarazos me dio en la boca y escupí sangre, por lo que menos hablé. Me pusieron una soga al cuello, que colgaba del árbol, y comprendí que de veras querían ahorcarme. Tiraron de la cuerda y quedé inconsciente y no supe más de lo que pasó en aquel lugar. Después de varias horas me volvió la conciencia, encontrándome ya en mi celda. Tenía el cuello muy inflamado y apenas si podía beber el agua que me ofrecían. 'De veras que es usted terco, don Luis, mire que aguantarse hasta el final con la boca cerrada', me dijo mi carcelero. Y de veras me aguanté como los machos para no darles el gusto de entregarles el dinero que sólo yo sabía dónde estaba escondido. Pero siempre tiene uno un talón de Aquiles, como dicen, y el mío les resultó muy sencillo apenas mencionaron a mi familia. Seguro le contaron a Villa cuánto me había afectado que mencionaran a mi esposa y mis hijas, que también se encontraban en Chihuahua, porque mandó decir que a ellas también las iba a fusilar. Primero no lo creí, pero cuando me dijeron el lugar en donde, precisamente, las tenía yo escondidas, me rendí. Entonces dije lo del oro escondido en una columna en el Banco Minero, aunque no recordaba exactamente en cuál columna. Allá fuimos, incluso con el propio general Villa, y casi destruyeron el banco a base de echar abajo sus columnas, hasta que en una de las últimas por fin encontraron el oro y me dejaron libre".

Ángeles sonrió y miró fijamente las monedas dentro del baúl que acababa de mostrarle Villa: resplandecientes, más doradas aún con la luz del quinqué.

—Hay que tener cuidado con el oro, general. Dicen que es el mejor instrumento del demonio para perdernos.

—Dejo que agarren los amigos, según su voluntad; allá ellos —explicó Villa, entusiasmándose—. Conforme entran a verme y a hablarme de sus logros los comandantes de mis brigadas y algunos otros jefes y oficiales, les pido que suban aquí conmigo a recibir su regalito. En la guerra de la Revolución así tiene que ser. A cada hombre, si es útil, hay que conservarlo contento. Unos toman harto, otros poco, según su ambición. Trinidad Rodríguez salió de aquí con su sombrero colmado de monedas. Rosalío Hernández llenó su paliacate. A Aguirre Benavídez yo mismo le ayudé a meter las monedas en una pequeña maleta. Otros nomás se meten algunas a los bolsillos. Eso sí, todos lo hacen ante mis ojos para enterarme.

—Con razón están tan contentos sus hombres, general. Les ofrece usted su confianza, que para ellos debe valer más que cualquier cantidad de dinero, pero además de veras les da dinero.

Villa se acercó un par de pasos a Ángeles. Sus ojos brillaban dentro del halo de luz amarillenta.

—Mire, general. Yo sé que usted es un hombre de mucha ley y que juntos vamos a llegar hasta donde queramos. Nomás hasta ahí, hasta donde queramos. No será el dinero lo que nos falte porque caerá solito, como llegó éste, caído del cielo. Pero no sabemos por lo pronto qué vamos a enfrentar. Así que tome ahora lo que necesite. Tómelo —señalándole el baúl, iluminándolo más con el quinqué—. Lo digo como el amigo sincero que quiero ser de usted. Conmigo no va a tener que andarse con falsedades y dobleces, como con Carranza y Obregón. Sé que usted dejó en muy malas condiciones económicas a su familia. Mándeles bastante para que no pasen penurias y usted pelee más tranquilo a mi lado. Ándele.

Y Villa apoyaba sus palabras con un movimiento de la cabeza. Ángeles miró las monedas, fascinándose, seguro de que si dejaba ahí los ojos un poco más terminaría por atraparlo el oro, hacerlo perder la voluntad. Todos sabían en qué condiciones había quedado su familia en París. Hasta Villa lo sabía. ¿No apenas unos meses antes hasta tuvo que pedir prestado para mandarles algo? Alberto, su hijo, al que apenas logró pagarle la inscripción de su escuela y un mes adelantado antes de salir de París. Su hija, Chabela, que en muy poco tiempo andaría en las mismas. Su mujer, Clara, tan orgullosa de la comida que preparaba con la menor cantidad posible de dinero. ¿No tanto decía que el verdadero sacrificio por la causa revolucionaria lo hacían las mujeres y los hijos que quedaban abandonados? Ah, no, pero cómo, ahí, frente a Villa, el general Ángeles, recién llegado de Europa, agachándose para meter la mano hasta el fondo del baúl. Sentir la mano helada por el contacto con las monedas. Cuidarse de que no se cayera ninguna. Meterlas al bolsillo, que se abultaría en forma desmesurada, ridícula.

Por eso se volvió con brusquedad y fue rumbo a la puerta.

—Después, general. Se lo agradezco. Por ahora no tengo ninguna necesidad, créame. Mejor vamos a seguir hablando del asalto a Torreón.

Villa sonrió con ironía, se le acercó y le palmeó la espalda.

—Ése es mi general Felipe Ángeles. ¿Ve por qué creo tanto en usted?

Los quemados del Río Bravo

Estaba sentado en un amplio escritorio de caoba, en el que destacaban recortes de periódico y un artefacto para liar cigarros. En las altas paredes, además de estantes con libros, fotos familiares, mariposas clavadas en cajas de terciopelo. Aquí y allá, fuetes, guantes, sombreros de cuero y monturas. Por las ventanas se veían las montañas de Chihuahua, encendidas por el sol, y a dos mujeres sacando agua de un pozo cercano.

De cara angulosa, muy bien rasurada, curtida por la intemperie y por la edad, y con unos mechones grises salpicándole los escasos cabellos. Me conquistó la energía empozada de sus movimientos, la determinación ambiciosa de su expresión, y me dije que sin necesidad de tocarlos podría adivinarle los huesos de los brazos, envejecidos pero aún correosos. Por momentos, y casi sin que viniera a cuento, se reía con una risa grácil y despreocupada, que lo rejuvenecía a pesar de remarcarle las arrugas. Sólo conforme avanzó en su relato, sus ojos adquirieron un brillo abismal.

Sí, claro, eran años muy canijos, hay que entenderlo. Era inevitable que muchísimos mexicanos —sobre todo campesinos, imposibilitados para trabajar en las faenas agrícolas y renuentes a participar en la lucha armada; pero no sólo campesinos, te aseguro que había de todo, hasta catrines que de golpe habían perdido cuanto tenían— emigraran al espejismo de Estados Unidos. No había día en que alguien no te dijera que ya se iba "al otro lado" a ver qué tal le iba allá porque aquí ya no le podía ir peor (y, claro, le iba peor allá). Te estrujaba el corazón ver aquella multitud desatinada y delirante ir rumbo al sueño del puente, moviéndose como un gran animal torpe, por su tamaño, por su pesantez. Bajo la nieve o con ese sol de verano, tan duro, como de plomo. Caravanas de espectros escuálidos, vestidos con harapos, que marchaban sonámbulos tras de una ilusión pertinaz de dicha, de salvación, de vida. Se les apelotonaba en grupos compactos, como de reses, arriados hacia las oficinas de migración, donde los gringos los veían como apestados. Así precisamente nos llamaban en los periódicos. Éramos *la degradación, la descomposición, la pudridera, la gusanera.* Y si nos describían, decían: *una frágil armazón de huesos quebradizos recubiertos de un pellejo reseco y moreno.* Aquí tengo los recortes de los periódicos para que tú mismo los leas.

El problema era que a esa masa humana no se le rechazaba en forma definitiva, sino que se le trataba de seleccionar, de expurgar, hasta donde era posible, para luego utilizarla —ya desde entonces— como bestia de trabajo. Una bestia de trabajo incansable y barata, a pesar de su escualidez, enganchada por los talleres que laboraban día y noche para vender a Europa, que estaba en guerra, toda clase de productos manufacturados. También en el campo eran útiles ciertos mexicanos: no se quejaban ni se enfermaban, comían cualquier cosa, no ponían remilgos para trabajar de sol a sol los siete días de la semana, siempre aguantadores como ellos solos.

Imposible dejarlos pasar a todos así nomás, *go ahead, paisano,* tan desarrapados, no fueran de veras a llevar la peste, bastaba olerlos. Por eso se les desnudaba, para echarles un vistazo más a fondo, y luego bañarlos, y que de paso sus ropas fueran fumigadas.

Se metía a los hombres en un gran tanque, y a las mujeres en otro, y al agua se le agregaba una solución de insecticida a base de gasolina, como al ganado cuando contraía la garrapata, así mero. Miles de mexicanos, hombres, mujeres y niños, pasaron por esa vergüenza, aceptaron ser bañados en los tanques "profilácticos" con tal de colarse "al otro lado" del mundo, el lado soñado, ahí donde reinaban la felicidad, la paz, la democracia, y no faltaban ni el trabajo ni la comida ni la buena educación para los hijos. Quién podía negarse a tan pasajero sacrificio al llegar al puente, que además parecía hasta necesario si se les miraba (y olía) bien.

Pero que a los agentes de migración de El Paso los teníamos hartos, parece que no hay duda, la prueba fue la quemazón de mexicanos que hicieron a mediados de enero de 1916, dejando caer en tres de los "tanques profilácticos" unos cerillitos o las colillas de unos cigarros, como quien no quiere la cosa, ay perdón. Treinta y cinco mexicanos nomás, junto a tantos que cruzaban a diario a sus tierras de jauja. *El Paso Herald* publicó una pequeña nota en la que dijo que habían sido veinte los chamuscados, pero qué otra cosa podía decir, antes dijo algo porque ese tipo de noticias casi no se mencionaban en la prensa norteamericana. Luego, en el periódico villista *Vida Nueva* se habló de que en realidad fueron cuarenta, y cuando Villa arengaba a sus hombres para invadir Columbus manejaba, precisamente, la cifra de cuarenta tatemados.

Yo he querido imaginarme la escena tal como pudo haber sido, pero no lo logro del todo, ayúdame. Quisiera ver perfectamente con detalle cómo empezó a darse cuenta la gente de que la estaban cociendo viva. Hoy en México, me parece, ya nos resulta difícil imaginar una cosa así, y vemos como muy lejanas aquellas tribus de caníbales de por el sur, de por Yucatán, que asaltaban y se cocinaban a sus prisioneros españoles en tiempos de la Conquista.

Pero sí, me pregunto qué cara harían dentro de los tambos al ver que los rodeaban las llamas, qué dijeron, qué señas se hicieron unos a otros. Cómo serían los gritos de terror, los quejidos, las primeras quemaduras, los ojos, cómo abrirían los ojos deslumbrados por el fuego. Trato incluso de imaginar cómo se retorcían, chisporroteaban, cómo estallaban, cómo ennegrecían.

Pero escucha lo que dicen estos recortes de periódico que te encontré, te van a interesar para lo que estás escribiendo: "En Los Ángeles, California, se informó de un homicidio diario en 1884 y la mayoría de las víctimas eran mexicanos. En la década de 1890, el linchamiento de mexicanos era un suceso tan común en esa región y las aledañas, que los periódicos no se preocupaban por informar los detalles. Se precisaría de amplias investigaciones para calcular el número de linchamientos de mexicanos entre finales del siglo pasado y la primera década del veinte". Pero también escucha esto: "Aún hoy, casi cada crimen que se comete en Los Ángeles se le adjudica enseguida a algún mexicano, y el linchamiento es un castigo de lo más común, en especial en crímenes en que los culpables son supuestamente mexicanos". ¿Qué te parece? La muerte de un mexicano a manos de un estadounidense no inquieta a las autoridades encargadas de hacer justicia, y ni siquiera merece una atención periodística ante lo cotidiano y nimio del hecho. ¿Te das cuenta del riesgo que corre cada compatriota nuestro al cruzar la frontera?

Me contó que hacía años intentó vivir la experiencia en carne propia y cruzó el río a nado, él solo, por un sitio en que tenían que pescarlo enseguida, a la fuerza. Pero eso quería: ver la cara de los gringos en el momento en que lo atraparan, la expresión de sus ojos, los gestos y las actitudes.

Me pusieron una golpiza de santo y señor mío. Me golpeaban y me decían que me pusiera de pie, que regresara a México, que nos iban a invadir y a matarnos a todos si seguíamos tratando de meternos a sus tierras. Estaban furiosos pero, al mismo tiempo, me parecía, felices de golpearme. Yo trataba de caminar, de correr, pero a los pocos pasos tropezaba y caía al suelo, como un fardo, donde volvían a golpearme. De pronto se alejaron unos pasos y me dejaron un rato ahí tirado, yo maldiciéndome a mí mismo por haberme metido en esa estúpida aventura, haciendo unos enredados esfuerzos por levantarme de nuevo. Lo fui consiguiendo poco a poco, primero un pie, luego la rodilla de la pierna contraria, luego los dos pies, con un gran impulso de las dos manos para enderezarme, para poder avanzar rumbo al río sin caer de nuevo. Lo hice agazapado como un mono, balanceando los brazos con fuerza para guardar el equilibrio. Y entonces lo entendí todo cuando oí sus risas burlonas. Me empujaron hacia el río y me vi a mí mismo como la piltrafa que era para ellos en esos momentos. Vi mi cuerpo convertido en una melcocha, en un pestilente y sanguinolento amasijo de huesos, pelos, pedazos de ropa, todo revuelto, sepultado en el fango, arrastrado río abajo.

Corporifiqué lo que hasta entonces sólo había sido idea, relato, noticia leída en los libros y en los periódicos. Fue una experiencia mística en negativo, por llamarla así. Fui cada uno de los quemados vivos en el puente, de los fusilados y de los azotados en el zócalo de la capital durante la invasión yanqui de 1847, de los linchados en Los Ángeles, de los explotados en las fábricas y en las granjas del "otro lado". El odio, como el amor, no se pueden explicar: hay que vivirlos. En mis fantasías, mientras nadaba de regreso a mi país, vi la jaula de las fieras chillando unas frente a otras, los aullidos como de lobos hambrientos, oí las voces primordiales, la historia que unirá y separará a nuestros dos países hasta el fin de los tiempos.

Todas sus facciones estaban alteradas y parecía ahogarse, con las aletas de la nariz muy dilatadas. Aún tuvo fuerzas para ponerse de pie, señalar con el índice hacia la ventana y gritar, un momento antes de desmayarse.

¡Oh terror de la vida compartida sin remedio, oh noche de nuestras razas enemigas, pozo ciego y borboteante!

La muerte del caudillo

El presidente Calles lo supo todo, paso a paso.

Que aquel martes 17 de julio de 1928, José de León Toral se despidió de su esposa, Pacita, a las ocho y media de la mañana reiterándole que iba a una excursión a Puebla, a la hacienda de unos amigos, a una especie de retiro religioso, ella sabía lo importante que eran para su marido los retiros religiosos; regresaría a más tardar el viernes próximo al mediodía, sin falta. Ella misma le preparó la maleta desde muy temprano y Toral agregó su misal y una Biblia.

Se despidieron en la puerta de la casa, al lado de sus hijos, Juan y Esperancita de la Paz. Toral dejó un último beso en el abultado vientre de su mujer, preñado con un hijo que él ya no conocería.

Al escucharlo, el detalle produjo en el presidente Calles un gesto que le apretó los labios y le remarcó las comisuras de los labios.

—Pinches mochos que anteponen su fanatismo a la vida —le dijo a Luis N. Morones, su espía en la Liga Religiosa, sentado frente a él en uno de los sillones de cuero negro del despacho presidencial.

Morones era un hombre gordo, con un gran estómago que le avanzaba redondo, como independiente del resto del cuerpo, y una ancha nariz, triunfante de la decrepitud y la grasa de la cara. Hablaba con una voz chillona, una octava más alta de lo normal.

Un chorro de luz amarilla entraba por un balcón entreabierto y caía como una materia sólida sobre la gruesa alfombra color vino.

A las nueve de la mañana, Toral fue a misa a la iglesia de El Espíritu Santo, y a la salida, muy discretamente, se acercó a la pila de agua bendita y salpicó con ella su pistola, calibre 22 (pistola que, por cierto, le había vendido, sin que él lo sospechara, una de las gentes de Morones, también infiltrado en la Liga Religiosa).

Al ir por la calle, a toda prisa, parpadeaba constantemente y parecía hablar solo. Es posible que fuera rezando la oración de los cristeros:

"Jesús misericordioso: mis pecados son aún más numerosos que las gotas de la preciosa sangre que derramaste por mí. No merezco pertenecer al ejército que defiende los derechos de tu Iglesia y lucha por Ti. No he sabido hacer penitencia. Por eso sólo quiero recibir la muerte, como castigo merecido por mis pecados. No quiero pelear, ni vivir, ni morir, si no es por tu Iglesia y por Ti. Concédeme que mi último grito en la tierra y mi primer cántico ya en el cielo sea ¡Viva Cristo Rey!".

Comió unos bísquets y un vaso de leche en un café de chinos, al que iba con frecuencia. Al dueño, un chino que no dejaba de sonreír, le pidió que le guardara unos días la maleta. Al entregarla, su rostro hizo una mueca de angustia, como si hubiera sufrido un dolor súbito.

En la casa Pellandini compró un block de dibujo y lápices.

Tomó un camión, se bajó en la avenida Jalisco y fue a pararse discretamente en la esquina de la casa del general Obregón. Estuvo ahí cerca de un par de horas. A la una de la tarde vio salir al general Obregón, rodeado de varias personas, se subieron a unos autos negros y se dirigieron hacia el sur de la ciudad. Toral tomó un taxi y los siguió. Descendieron en el restaurante La Bombilla.

Toral fue al baño y en uno de los reservados sacó la pistola de la funda, la colocó bajo el chaleco desabrochándose un par de botones y apretó lo más posible el cinturón. Cerró el saco para que no se viera la cacha y frente al espejo del lavabo estuvo un momento arreglándose el pelo, notoriamente nervioso.

En el bar bebió una cerveza. Luego salió al patio, vio la mesa en forma de escuadra, con manteles blancos, jarras de agua y adornos de flores. Distinguió al general Obregón, quien de pie, en ese momento pronunciaba un discurso, con voz firme y de lo más emotiva:

"Gozaba yo del cultivo de la tierra que tanto amo (soy un agricultor nato) cuando llegó hasta mí una comisión de legisladores para invitarme a regresar a la palestra política. Primero me negué. Pensé que nuestra Revolución ya había triunfado y que yo bien merecido tenía mi retiro, después de las fatigas y los peligros que había vivido. Pero los legisladores insistieron, me hablaron de los escollos y los enemigos que aún había por vencer y entonces se me esfumaron las dudas y acepté. Comprendí que mi lugar sigue estando en la línea de fuego y que no tengo derecho a negarle a la Patria mi cooperación, y mi vida entera, cuando las necesite. Es mi obligación. La Revolución y el pueblo así me lo reclaman hoy. México requiere una mano firme. En efecto, no son tiempos de andarse con dudas y cobardías. Luego vino la lucha electoral, para que todo se hiciera en forma transparente. Concluyó en tal forma que no nos dejó lugar a dudas. El pueblo soberano expresó su voluntad en las urnas y yo no tengo más remedio que someterme, humildemente, ante ella. Soy un esclavo del deber".

Toral fue hacia uno de los extremos de la mesa en forma de escuadra. Uno de los guardias personales del general Obregón lo detuvo. Mostró el block y los lápices y explicó que le habían pedido que realizara algunas caricaturas de los comensales. Así lo hizo. Dibujó a Ricardo Topete, a Enrique Romero, a Arturo H. Orcí y a Jesús Guzmán Baca.

Había un ambiente festivo y la orquesta típica de Lerdo de Tejada tocaba El Limoncito, una pieza de lo más dulce.

Hizo un dibujo de Aarón Sáenz y se lo entregó. Éste respondió con una sonrisa de satisfacción. Luego hizo el del general Obregón. Al acercárselo, Obregón dijo: "A ver qué tal, joven", y lo tomó. Apenas se lo entregó, Toral sacó la pistola del chaleco y, a boca jarro, le disparó cinco tiros. La explosión de cada proyectil levantaba pequeñas columnas de humo en la cara y el cuerpo de Obregón.

Pronto se vio Toral desarmado y tirado en el suelo, donde lo golpeaban brutalmente.

—¡No lo maten! —gritó el teniente coronel Ricardo Topete—. ¡Esto se tiene que aclarar!

—El problema, lo reconozco, fue el informe del forense —explicó Morones a Calles, con su voz chillona, que conforme se emocionaba seguía subiendo en la escala hasta hacerse ríspida.

El Mayor Médico Cirujano Héctor Osornio, que suscribe, adscrito al anfiteatro del Hospital Militar de Instrucción, certifica que hoy practicó el reconocimiento y embalsamado del señor Álvaro Obregón, General de División y Candidato Electo a la Presidencia de la República Mexicana.

El cadáver perteneció a un individuo robusto, de 1.70 metros de estatura y 1.06 de circunferencia torácica y 1.08 de abdominal.

Presenta una amputación antigua del brazo derecho al nivel del tercio inferior. Además, trece heridas por proyectiles de armas de fuego, situadas en la siguiente forma:

—La primera, en el carrillo derecho en la región maseterania.

—La segunda, con orificio de salida cara lateral izquierda del cuello a la altura de la primera vértebra cervical.

—La tercera, en la región costal izquierda.

—La cuarta, en la mejilla derecha.

—La quinta, en la cara interna del muñón del brazo derecho.

—La sexta, en la cara posterior del mencionado muñón.

—La séptima, en la región derecha dorsal.

—La octava, penetrante de vientre.

—La novena, en el muslo izquierdo.

—La décima, a la altura de la tercera vértebra dorsal.

—La undécima, en el glúteo izquierdo.

—La duodécima, en el omóplato derecho.

—La treceava, en el empeine del pie izquierdo.

—No podíamos confiarnos en que los tiros del tal Toral fueran suficientes, señor presidente —explicó Morones con su voz más aguda y la papada de pelícano temblándole nerviosamente.

—Carajo, pero tampoco tenían para qué dispararle así.

—Se hizo con la mayor discreción posible, y con personas de lo más profesional que iban disfrazados de meseros, se lo aseguro, señor presidente. En la confusión que se armó (algunos de los comensales hasta se metieron debajo de la mesa) nadie notó nada.

—Pues sí, pero debieron calcular el informe del forense. Ya vio usted los problemas que nos causaron hasta con la embajada norteamericana.

Dwight O. Morrow, embajador de Estados Unidos, envió al Departamento de Estado de su país un memorándum emitido por el vicecónsul Laurence

Higgins, que contenía la declaración rendida por el doctor Juan G. Saldaña con relación a la muerte del presidente electo, Álvaro Obregón, en la forma de certificado de defunción.

Esta declaración, subrayada con lápiz azul en el anexo, puede ser de capital importancia respecto de la muerte del general Álvaro Obregón, ya que en el cadáver se encontraron trece heridas por arma de fuego. Se concluye que José de León Toral disparó solamente cinco balazos y dejó uno más en la pistola, con capacidad sólo para seis cartuchos. Sin embargo, algunas de esas heridas, como la del glúteo y el empeine del pie izquierdo, no se explican dada la posición en que se encontraba José de León Toral al disparar.

—Pendejos. Más que rematarlo, lo acribillaron —dijo Calles dando unos pasos por el despacho, con su gran quijada desencajada—. ¿Ya oyó la broma que anda de boca en boca en la ciudad? "¿Quién mató a Obregón?". "Calles… sé usted"… Había que asegurarse, es cierto, yo mismo se los pedí…, pero no en forma tan torpe.

—Señor, no podíamos confiar en el nervioso ése de Toral, a quien le temblaba la mano hasta para bendecir su arma. Ya ve usted, nos había sucedido hace un par de semanas con el tal ingeniero Vilchis, quien ni siquiera supo colocar bien la bomba en el auto del general Obregón.

—Por supuesto, y yo soy quien paga los errores de cálculo de ustedes y de ellos con un alto costo político, como tener que mandar fusilar en pleno centro de la ciudad al tal Vilchis y al santón ése del padre Pro. Ayúdenme, ¿no se dan cuenta de que está en juego el futuro del país?

Y entonces Calles le reiteró a Morones por qué el general Obregón no podía llegar a la Presidencia de la República. Simple y sencillamente era del todo imposible.

—Lo sé, señor, lo sé —decía Morones, haciendo temblar su papada.

Ni él ni ningún otro caudillo. Se acabaron los caudillos. Aunque nadie se lo reconociera, él, Plutarco Elías Calles, cambiaría el rumbo del país y crearía un México nuevo. No se trataba de permanecer en la silla presidencial, sino de estar detrás de ella. ¿Lo entendía Morones? Sólo detrás de ella. Limitarse a cuidar a quien hacía de administrador del país, por decirlo así. Acabar con el estigma de que en México los presidentes se hacen a balazos. La paz, la pantalla de la democracia, era vital para el progreso, para lo cual había que crear un nuevo partido político, y él lo crearía. ¿Le gustaría oír a Morones algunas de las palabras del discurso con que le abriría ese nuevo rumbo al país, casi nada?

—Señor, es para mí un privilegio… —dijo Morones, parpadeante.

No necesito recordarles cómo han estorbado los caudillos al desarrollo del país y cuánto han recrudecido sus crisis internas y externas. Y tampoco necesito recordarles cómo imposibilitaron o retardaron esos caudillos la pacificación de México durante la larga noche de la guerra civil que hemos padecido. Los hombres debemos ser simples servidores al lado de la serenidad perpetua y augusta de las instituciones y de las leyes. Por eso, bien hubiera podido yo, de no prohibírmelo mi conciencia, envolver en supuesta utilidad pública una decisión de continuismo. No lo he hecho y hoy aseguro que nunca, por ningún motivo y en ninguna circunstancia, volveré a ocupar la silla presidencial… ¿Se daba cuenta Morones que con esa condena al reeleccionismo sellaba de una vez por todas el ideal maderista? Le aseguraba que de ese discurso y de la creación de ese nuevo partido se desprendería todo el México moderno.

—Pero con usted detrás de la silla presidencial, señor, siempre con usted detrás. Tendrá que tener sumo cuidado a quién elige para ocuparla. Está en juego el futuro del país, como bien dice.

Calles esbozó una sonrisa.

—Todas las precauciones serán pocas, se lo aseguro, Morones.

Morones también se relajó un poco, aunque su sonrisa más bien pareció una mueca de dolor.

—No vaya a ser… en fin, que por una elección equivocada llegue a la silla alguien que lo mande a usted al exilio, no quiero ni pensarlo, señor.

Calles acentuó la sonrisa y su quijada se hizo aún más cuadrada.

Fierro y la compasión humana

Fue durante la toma de Saltillo, prácticamente sin encontrar resistencia. Un supuesto asalto federal se detuvo a mitad de la ladera apenas vieron llegar a la División del Norte. Sonaban los clarines con órdenes de avance, con frases altisonantes de los oficiales, pero las líneas, fundidas en una sola, no adelantaban un paso, con los inútiles 30-30 en las manos yertas. Quién iba a atreverse a disparar un solo tiro contra aquel huracán de seis mil caballos envueltos en nubes de polvo y un sol radiante. Mejor se rindieron y ya.

Pero sí hubo algunos muertos y heridos, como se constató después. Tres ametralladoras quedaron silenciosas, abandonadas entre pequeños grupos de cadáveres que, parecía, continuaban con el asombro vivo ante la irrupción de las fuerzas villistas.

—¿No hay algún hombre herido? —preguntó Felipe Ángeles a uno de sus oficiales.

—Sí, señor. Está herido un teniente coronel.

—¿Dónde se encuentra?

—Pues tengo entendido que Rodolfo Fierro ya lo iba a fusilar.

—¡Impídanlo! ¡No podemos fusilar a un hombre herido! Vamos, yo mismo se lo diré.

El hombre herido estaba sentado a la sombra de un manzano silvestre, recargado en el tronco y con unos ojos como bestezuelas que huían. Con su uniforme de paño azul manchado de sangre y su quepí oscuro franjeado de oro, era la imagen misma del sacrificado que empieza a simular los gestos y las posturas de la muerte.

—Hay que curar a ese hombre. Es nuestro prisionero y está herido. Llévenlo al vagón de la enfermería —ordenó Ángeles.

Fierro se le plantó enfrente con cautela ("Con Ángeles ni meterse, es el único a quien Villa respeta, haga lo que haga", dijo en una ocasión). Se quitó su sombrero tejano arriscado sobre la frente y mostró unos cabellos que eran casi cerdas, negros, muy lacios. Tenía las aletas de la nariz muy dilatadas, como en constante agitación, y unos ojos centelleantes que delataban su temperamento. Le decían "El Carnicero" por su afán de disparar a sangre fría contra todo el que podía, a la menor provocación. Pero no soportaba que le dijeran "El Carnicero" y si se enteraba de que alguien lo había llamado así, lo buscaba y lo mataba. También le gustaba darles él personalmente el tiro de gracia a quienes mandaba fusilar. Parecía deleitarse al verlos retorcerse como garabatos, con las manos crispadas o abrazándose a sí mismos, los ojos botados, reventados por lo último que vieron (que quizá fuera el rostro de Rodolfo Fierro mismo a punto de darles el tiro de gracia), opacándose y cubriéndose de moho, la boca entreabierta como emitiendo una queja imposible, atorada para siempre.

Villa decía: "Fierro es cruel, pero es el más valiente y el más fiel de mis hombres. Cuando llegue el día en que todos me abandonen, Fierro será el único que continuará a mi lado".

—Perdone usted, general Ángeles, pero tengo órdenes del general Villa de que no quede un solo prisionero vivo —dijo Fierro con una voz carrasposa—. Tengo entendido que es por esa Ley Juárez que dictó el señor Carranza: fusilar a todos los prisioneros sin excepción.

—¿Ha leído usted la Ley Juárez? —contestó Ángeles en un tono duro, a sabiendas de que Fierro no sabía leer.

—No es necesario porque yo sólo me atengo a las órdenes de mi general Villa.

—Entonces yo mismo lo hablaré con el general Villa. Mientras tanto lleven a ese hombre a que le curen sus heridas.

A esto, Villa argumentó: —Si está herido con más razón: fusilándolo lo libramos más pronto de sus penas. Usted tan cumplidor de las leyes, general Ángeles, ha de saber que esta Ley Juárez no debe tener excepciones.

Y Ángeles, vehemente: —Pues sí tiene excepciones, porque en su artículo sexto establece que de ninguna manera se aplicará con personas heridas, y en su artículo octavo agrega que el juicio lo hará un tribunal militar. Entere a su gente, por favor, general. Los sentimientos humanitarios, que valen más que cualquier ley arbitraria dictada por Carranza, nos mandan curar primero las heridas de nuestros enemigos y después, sólo después, ver si alguna ley en vigor, no improvisada ni mal interpretada, les alcanza para la muerte.

Ángeles escribió en su diario: "Aquí, entre la gente de Villa es en donde más siento la necesidad de sembrar la semilla del humanismo, de despertar los sentimientos bondadosos, que todos los tenemos, estoy seguro. Una humilde semilla que alguna vez fructificará entre esta gente tan ignorante y primitiva".

También escribió:

"El mayor rigor lo apliqué a la libertad de aquiescencia, la más ardua de todas. Los trabajos más tediosos se cumplían sin esfuerzo a poco que me apasionara por ellos. Tan pronto una circunstancia o una persona me repugnaran, las convertía en tema de estudio, forzándome hábilmente a extraer de ellas un motivo de aprendizaje y hasta de alegría".

Por eso, su gente sabía que el general Ángeles estaba dispuesto a escucharlos y a ayudarlos en cualquier momento. Que su trato era siempre cordial y cálido y que, de alguna manera, hacía suyos los dolores y las penas ajenas. Como escribió de él Martín Luis Guzmán: "La mayor virtud del general Ángeles no se refiere tanto a lo militar como a su capacidad de interesarse en su prójimo".

Lo que ya no consigna Ángeles en su diario fue que Villa habló con Fierro, sobre el teniente coronel huertista.

—Obedezcamos la ley de nuestro primer jefe de fusilar a todos los prisioneros. Pero si están heridos, según me explicó el general Ángeles, obedezcamos la ley humanitaria que nos manda primero curarlos.

—O sea, que primero sanen y luego ya los puedo fusilar.

—Eso. Y antes de fusilarlo reúna a un grupo de sus muchachitos para que todos digan que sí, que hay que fusilar al teniente coronel ése. Como si fuera un tribunal militar, pues.

Por eso Fierro le dijo al herido:

—Por una ley debe usted curarse antes de que por otra ley lo fusile; así que apúrese a curarse.

Tampoco consigna Ángeles la tortura que vivió aquel pobre teniente coronel a quien salvó por unos días. Porque sus heridas no eran tantas, pero sí muy dolorosas y apenas mejoró lo plantaron ante el pelotón de fusilamiento —después del simulacro grotesco de un supuesto tribunal militar con la propia gente de Fierro—, tan tembloroso y cabizbajo como cuando Ángeles lo descubrió bajo el manzano silvestre. Fierro mismo, como era su costumbre, le dio el tiro de gracia.

Quizá por sucesos como el anterior —que se repetían con mucha frecuencia— es que Villa le dijo en una ocasión:

—¿Ya ve, general Ángeles?: usted por tanto querer ayudar a la gente nomás la perjudica más.

Cuando Madero llegó hasta la tierra tembló

Me citó en un restaurancito de la calle de San Francisco, donde a veces se escondía a escribir, decía, lo que resultaba incomprensible porque el lugar era más bien penumbroso. Estaba sentado en una mesa arrinconada, donde la luz de la vela removía blandamente las sombras e iba a refugiarse a una alta copa como un pájaro. La barba empezaba a asomarle negreando la cara y la ropa no lucía muy limpia, algo raro en él, que se caracterizaba por su pulcritud.

—Vaya día —dijo suspirando y dándole un trago a su copa de vino—. Primero el terremoto de la madrugada y luego la llegada de Madero al mediodía. Uf.

Me pidió, de entrada, el favor de que llevara su nota a *El Imparcial*, y me extendió las hojas escritas con una letra redonda y apretada, porque él tenía esa noche un compromiso inaplazable. El periódico le había encargado cubrir la llegada de Madero a la ciudad: era el mejor reportero en el tema de la Revolución, de la que estuvo cerca desde sus inicios, lo sabíamos todos en el periódico.

No tenía más pasión en la vida que el periodismo, por el que había sacrificado cualquier posible relación afectiva, una entrega de cuerpo y alma, presumía, una buena nota lo valía todo, total, de todas maneras la vida es algo puramente circunstancial y efímero.

Pero aquella tarde estaba muy raro y hablaba sin parar, como más para sí mismo que para mí. No era por el vino que bebía, me pareció, sino por otra cosa. Algo más *de él*. Encendió uno de sus puros holandeses, que fumaba a todas horas, y soltó una bocanada de humo que se ensanchó en lo alto y formó despaciosamente algo como el follaje de un pequeño árbol. Al hablar no dejaba de sonreír.

—Hoy me parece que todo es… como aquellos primeros días en el periódico, que marcaron mi existencia actual. ¿Te acuerdas? Las renuncias y los encuentros. La decisión obligada de sólo dedicarme a reportear. El rechazo a todo lo que me distrajera de mi vocación. Y vaya que si he tenido tentaciones, lo sabes. Las caras se me han vuelto a aparecer hoy con las facciones aún más despejadas que entonces. Como si las entendiera mejor. Gentes, lugares y momentos han venido hasta mí desde aquel pasado fantasmal y volverán despacio a perderse ahí, pero un poco más claros en el recuerdo. ¿Me entiendes? Pienso en esta ciudad enorme e impredecible que nos atrapa, donde se hunden las cosas y los seres y donde otros saltarán inesperados los próximos años a ocupar los sitios de quienes vamos de salida, que bruscamente pondrán ante el mundo sus rostros y sus gestos, tal como hacemos hoy nosotros. Qué remedio.

Me dijo lo cerca que se sentía de Madero, la importancia que había tenido el movimiento revolucionario para su trabajo periodístico.

—Le ha dado sentido y fondo, diría yo. No sólo porque sea yo un maderista de corazón, como todos mis lectores saben, sino por la relación misma con Madero. Una cierta comunión, por llamarla así. Si las almas poseen identidad propia, ¿podrán también viajar de un ser al otro, quizá como el trago de vino que dos amantes se pasan en un beso?

—¿Sabes que se habla de decenas de muertos por el terremoto de la madrugada de hoy? —pregunté, como para regresarlo a la tierra.

Se balanceó en la silla, con las mejillas azuladas que se le adelgazaban más al entrar y salir su cara de la luz de la vela.

—Lo supongo. Mi casa en San Cosme se vino abajo, tal como lo oyes. Estoy aquí de milagro. Se me cayó el mundo encima, pero no podía dejar de estar presente en la llegada de Madero y escribir la nota que me pidió el director. Fue una emoción muy especial, ya lo supondrás. Este país es otro a partir de hoy. Había que vivirlo. Hasta el sol se extendía más radiante sobre la ciudad. Estuve en la estación Colonia con la gente llenando los andenes, el vestíbulo, el aparcadero de vehículos, las calles aledañas. Por eso preferí esperar en Reforma a que llegara la comitiva y seguirla a una cierta distancia en mi fordcito. La fila de autos era muy larga, pero la cantidad de gente que iba a pie era aún mayor. Había gente trepada en los eucaliptos y en los fresnos de Reforma, en las estatuas de Colón y de Carlos IV, y desde los balcones, adornados con lienzos tricolores, las mujeres lanzaban flores al carruaje que encabezaba la comitiva, y que yo apenas alcanzaba a entrever desde la distancia a que iba. El grito de ¡Viva Madero, viva la Revolución! me ponía la piel chinita. Yo también gritaba, enfervorecido. Poco antes de llegar al Zócalo comprendí que era absurdo continuar en el auto y en una calle di vuelta para estacionarlo. A partir de ahí seguí a la comitiva a pie, y ya en el Zócalo corrí. Corrí al lado de los que también corrían y gritaban y llevaban estandartes y fotos de Madero. Corrí dentro del largo tañer de las campanas de Catedral. Había mucho polvo, lo que dificultaba la respiración. Me sofocaba, pero corría más rápido. Y de pronto me detuve pasmado porque tenía casi enfrente el carruaje con cuatro alazanes montados por palafreneros y guiado por caballerizos que vestían casacas rojas. Jadeante y con los ojos un poco nublados, contemplé al hombrecito vestido de jacquet, que saludaba con su sombrero de hongo en la mano. Nuestras miradas se cruzaron. Yo tuve la seguridad de que nuestras miradas se cruzaron. ¡Es Madero!, tanto que lo esperé. Lo miré largamente y luego lo vi alejarse con lentitud (la gente apenas si lo dejaba avanzar), hasta perderse en una de las puertas de Palacio Nacional. Se perdió dentro de Palacio pero a mí me parecía que si entrecerraba los ojos aún podía mirarlo.

De pronto aplastó su puro sobre el cenicero con una fuerza innecesaria, se puso de pie y dijo que tenía que marcharse cuanto antes, no podía esperar un minuto más, me encargaba la cuenta porque no traía dinero. Cómo se encaja uno con los amigos en ciertas ocasiones, ni modo, añadió.

—¿A dónde vas? —le pregunté.

—A mi casa de San Cosme, ¿a dónde si no?

—¿La que se cayó?

—Claro, la que se cayó. No tengo otra.

Salió casi corriendo, agitando una mano en alto, ondulante dentro de las manchas de luz, con los labios forzados a mantener un principio de sonrisa amable y nostálgica.

No volvimos a saber de él. Se decía que al regresar a su casa semiderruida de San Cosme a rescatar algunas pertenencias, se le pudo haber caído encima alguna pared. Es posible. Lo que siempre me ha parecido un gesto de profunda amistad de su parte fue que me confiara su última nota para entregarla al periódico. Además, con un título tan sugestivo: "Cuando Madero llegó hasta la tierra tembló".

Ángeles, Carranza y Obregón.
Lo borraré de la lista de mis amigos...

Felipe Ángeles regresa de su exilio en Francia y, a mediados de octubre de 1913, se dirige a Sonora para reincorporarse a la Revolución. Para entonces, Venustiano Carranza era ya reconocido como primer jefe del Ejército Constitucionalista. Lo sostenía el prestigio de que, siendo gobernador de Coahuila, fue el primero en rebelarse contra Huerta, en momentos en que lo aconsejable era la adhesión: de gobernadores, de las cámaras, del ejército, del clero, de los hacendados, de inversionistas extranjeros, de los capitalistas, de cualquier persona sensata. Además, enseguida, Carranza afrontó el gravísimo problema de coordinar el esfuerzo armado de los rebeldes bajo tres objetivos básicos: vengar la muerte del presidente Madero, restaurar la Constitución violada y rescatar la dignidad nacional, mancillada muy en especial por el inefable embajador norteamericano, Henry Lane Wilson.

Ángeles fue recibido en el cuartel general de Carranza en Nogales, como "nunca jefe alguno lo fue, con tanta cordialidad y simpatía", dijo Isidro Fabela. Y es que, claro, traía aún las huellas en la mirada y en la actitud, en un cierto aire que lo envolvía, de haber estado con el presidente Madero hasta el final. Y, sobre todo, de haberle dicho no a Huerta. Así, de frente: no se unía al cuartelazo aunque le costara la vida, que era lo de menos. No con un telegrama como Carranza sino cara a cara.

El cuartel estaba instalado en una amplia casa a un lado de la aduana, con dos centinelas que terciaron los fusiles al entrar el general Ángeles. El primer jefe lo mandó llamar a media tarde para hablar a solas con él, después de la animada comida que le había ofrecido de bienvenida.

En la oficina, velada por cortinajes de pliegues rígidos, había un escritorio de caoba y una larga cajonera en la parte de atrás, de la que en esos momentos Carranza extraía unos papeles.

—Siéntese, general, en un momento estoy con usted.

Una lámpara con pantalla de seda difundía una luz amarillenta y densa, que caía como materia sólida sobre las duelas del piso. Aunque notoriamente improvisados, la selección de los muebles denotaba buen gusto.

Carranza se sentó al escritorio y aún revisó unos papeles antes de atender a Ángeles. Inescrutable detrás de sus lentes azulados, con un chaquetín militar sin insignias y con botones de cobre, al primero de los cuales lo ocultaba la ensortijada barba blanca que Carranza empezó a peinar con los dedos. Empaque de persona grave e impenetrable, con su cara de pétreo Solón legislador.

—General, como habrá podido comprobar, es usted bienvenido a las filas del Ejército Constitucionalista. Cuando Miguel Díaz Lombardo me habló de su intención de regresar a la patria a reincorporarse a la Revolución, no dudé un momento en girar fondos para su viaje.

—Lo cual le agradezco particularmente, señor. Ya imaginará usted que estaba sin un centavo.

—Lo sé, lo sé. Además de las dificultades familiares y políticas, siempre se vive en el exilio una dura condición económica.

—"El amargo pan del exilio", lo llamaba Dante, señor.

—¿Dante? Es admirable su cultura, general —y esbozó una sonrisa—. Le reitero mi complacencia, como mencioné durante la comida, de que haya aceptado usted nuestra Secretaría de Guerra —agregó Carranza sin dejar de peinarse la barba, vuelta la palma de la mano hacia afuera y los dedos engarruñados.

—Le puedo asegurar que ese ofrecimiento volvió a darle sentido a mi vida y, por decirlo así, aire a mis pulmones, señor.

—Vivimos momentos de confusión, de decisiones precipitadas, en que por lo mismo es necesaria la planeación detenida. No creo en las precipitaciones, general, hoy menos que nunca. Por eso los constitucionalistas requerimos de su experiencia y de su inteligencia, tan alabadas. Hombres como usted promueven a la reflexión intensa y a la vez desapasionada.

Carranza extendió un pequeño plano sobre el escritorio y lo fue señalando con la punta de un lápiz.

—He dividido a la República en siete zonas de operación, de las cuales hasta este momento sólo tres funcionan de modo efectivo: la Noroeste, al mando de Pablo González, el Centro con Pánfilo Natera y la Noreste bajo las órdenes de Álvaro Obregón. ¿Conoce usted a Álvaro Obregón, general?

—No, señor.

—Yo mismo lo acabo de conocer el mes pasado en El Fuerte. Pero enseguida supe que se trataba de un hombre extraordinario, ya verá usted. Un revolucionario de corazón pero, como usted, con una enorme capacidad intelectual. Será de los suyos, general.

—Así lo espero, señor.

—Es una pena que se haya incorporado usted tan tarde a nosotros. Lo hubiéramos necesitado desde un principio. Estos meses han sido determinantes para el futuro de la Revolución, pero también hemos sufrido reveses, como en Monclova, que en julio cayó en manos de los federales, o en el intento frustrado de la toma de Torreón. Además emprendimos una penosa travesía de más de trescientos kilómetros, desde Piedras Negras hasta Hermosillo, pasando por Durango, el sur de Chihuahua, la Sierra Madre Occidental y el norte de Sinaloa. Por supuesto, por ninguna razón hemos pisado suelo norteamericano: usted me entiende, cuestión de dignidad.

—Por supuesto, señor.

—Sí, ha sido una travesía penosa y fatigante, del frío más intenso de la Sierra Madre al calor sofocante de Sonora. Pero bueno, uno no se puede quejar al recordar la impasibilidad de don Benito Juárez, vestido de frac y con sombrero alto, metido en su coche de sopandas, mientras a su lado desfilaban los cactus del desierto, durante aquellos inconcebibles viajes… Usted, tan culto, debe conocer a fondo la vida de nuestro admirado Juárez, general.

—Creo que sí, lo suficiente, señor.

—Compartimos entonces la misma pasión. Un hombre sin conocimientos de historia, sobre todo de ciertos personajes de nuestra historia, carece de referencias para actuar en el presente. Tendremos mucho que compartir en este sentido. Nadie sabe nunca suficiente, y yo estoy abierto y dispuesto a reconocer siempre mis enormes lagunas. Le suplico que me las señale a la primera oportunidad.

—No lo olvidaré, señor.

—Le confesaré hasta dónde he llevado esta preocupación que finalmente redunda en beneficio propio y de la patria. En mayo pasado, González Gante me recordó el establecimiento de las comisiones mixtas para las reclamaciones en la guerra civil norteamericana. Yo lo había leído pero lo olvidé. Imposible

tenerlo todo en la memoria. Pero al recordármelo
despertó en mí la reflexión, la asociación de ideas, y
decreté el derecho nacional y extranjero a reclamar
los daños que se sufran por nuestra guerra. Así como
consideré pertinente poner en vigor la Ley Juárez de
1862, por medio de la cual serán juzgados Huerta y
sus cómplices y los sostenedores de ese falso gobierno. Usted sabe, equivale a la ejecución de prisioneros
de guerra… No podemos arriesgarnos a que vuelva a
suceder en este país lo que con Madero.

Ángeles pestañeó pero no dijo nada. Carranza
esperó un momento y continuó, como si hubiera
adivinado los pensamientos de Ángeles.

—Si hemos de trabajar juntos, debemos hablarnos sin ambages. Usted debe conocer mi pensamiento al respecto. Si algo faltó al movimiento
maderista fue, precisamente, ser tajante, implacable.
No se puede construir nada a base de conciliaciones.
Por eso el interinato de De la Barra resultó una pro-
longación viciosa, anémica y estéril, de la dictadura;
no se diga ya el humanismo enfermizo con que lo
contaminó todo el señor Madero, malogrando sus
frutos. Usted sabe, revolución que transa se suicida.

Ángeles mantenía la eficaz máscara de las manos anudadas frente a la cara y unos ojos medio
adormilados por el cansancio del viaje, de pesados
párpados.

—Estará de acuerdo conmigo, general.

—En lo complementario quizá, señor. No en
lo fundamental. Usted decía que no podemos arriesgarnos a que en este país vuelva a suceder lo que con
Madero. Yo creo que es lo mejor que nos ha sucedido y que podría volver a sucedernos. Ese humanismo, enfermizo lo llamó usted, con que Madero
contaminó su movimiento es a mi parecer la más alta meta a que puede aspirar un revolucionario.

Ahora fue Carranza quien guardó silencio.

¿Para qué tocar el tema el mismísimo día de la llegada de Ángeles? Quizás era inevitable. Porque el antimaderismo de Carranza era manifiesto. Le "repugnaba" la figura de Madero, dijo en una ocasión: muy especialmente en los retratos que se exhibían por dondequiera, adornados con guirnaldas y coronas, marco ideal para aquellos ojos candorosos. A Rafael Martínez, de *El Gráfico* le confesó que "estuve a punto de iniciar un movimiento en contra del gobierno del señor Madero, es verdad. Pero para salvarlos a él y a la Revolución. Ya preveía yo que sus enemigos recurrirían a la venganza y la bondad del señor Madero sería la puerta de entrada para satisfacerla".

Carranza se puso de pie, con gesto adusto, y consultó su grueso reloj de oro.

—General, es mucho lo que tenemos que hablar. Pero estará cansado después de un viaje tan largo y casi es hora de cenar algo ligero. ¿Gusta acompañarme?

—Con mucho gusto, señor.

Carranza tomó del perchero su sombrero de fieltro gris y con alas anchas, estilo norteño.

Al salir de la casa para dirigirse de nuevo a la aduana en donde se servían las comidas, a Ángeles le sorprendió que el corneta y el tambor de guardia tocaran la marcha de honor. El primer jefe necesitaba que esa música le recordara su alta investidura cada vez que abandonaba su mesa de trabajo. Y, de paso, también recordársela a los demás.

Qué distinta la austeridad de Madero, quien seguramente hubiera preferido que le recordaran su frágil condición humana: eres un simple mortal, eres un simple mortal, eres un simple mortal.

Los días siguientes, Ángeles elaboró un manifiesto a los oficiales del ejército federal que habían sido sus alumnos en el Colegio Militar, invitándolos a unirse a la causa constitucionalista. Además, hizo un recuento del armamento con que se contaba y revisó personalmente la organización militar. Despertaba muy temprano, el cuerpo adolorido por el desvelo. En la ventana de su reducido cuarto sólo asomaba la claridad incierta de unos faroles lejanos en el patio de los cuarteles. "Siempre vi nacer el sol. Desde niño siempre me desperté antes de nacer el sol". Se levantaba, apretaba las sienes con las puntas de los dedos como para terminar de disolver ahí el cansancio, los sueños, las dudas del amanecer, y tomaba la muda de ropa interior, la toalla, el jabón, y la navaja de afeitar y el cepillo de dientes. El pasillo y el baño estaban a oscuras. De los cuartos vecinos no provenía ningún ruido; como siempre, era el primero en levantarse.

Fue directamente a meterse al agua helada de una tinita que se había conseguido por ahí. ¿Para qué instalar una tinita así en un baño tan reducido? La cara que puso Carranza cuando se enteró. ¿No podía, por lo menos durante los primeros días, conformarse con el corriente regaderazo? Ah, pero el agua helada a esas horas bien valía las molestias adicionales que le provocaba (y que provocaba a los demás). Levantarse antes que nadie, hundirse en esa agua cortante como cuchillo, como en un nuevo sueño, más hondo y lúcido.

Al regresar, escuchaba las campanillas de los despertadores de sus vecinos de cuarto. Se ponía el uniforme de campaña, sin prisa. Daba un último retoque al peinado —con una perfecta raya al lado— y a los bigotes arriscados. Afuera empezaba a clarear: detrás del resplandor amarillento de los faroles, el sol vencía unas sombras muy bajas.

Los soldados de guardia se cuadraban y Ángeles contestaba con movimientos mecánicos, casi displicentes. Haciendo cuevita con la mano, protegía la llama que encendía el primer cigarrillo. Tenía la sensación de haber rejuvenecido, de que lo acogían entusiastamente los muros grises y mohosos de la antigua hacienda improvisada como cuartel.

Uno de los soldados de guardia se desprendía de las últimas hebras de neblina y en el centro del patio tocaba la diana. Las sombras terminaban de huir y las puertas se abrían súbitamente para que surgieran, como expulsados del fondo de la tierra, los grupos compactos y verdosos de soldados que se empujaban unos a otros, terminaban de abotonarse las guerreras, ajustaban los cinturones bien provistos de balas, se mal peinaban con los dedos mientras con la otra mano sostenían el fusil. Ángeles intentaba pasar inadvertido entre los embriones de filas, observándolo todo como desde lejos, desde ese otro mundo en que había ido a instalarse. Los soldados ponían su cara más seria, la barbilla en alto, los labios plegados, los ojos chispeantes, el fusil muy derecho. Llegaban a su emplazamiento, se ordenaban por secciones, invadían el descampado con un rumor de hierbas pisoteadas. Un oficial gritaba órdenes con voz destemplada, otro andaba entre las filas con una papeleta y un lápiz en las manos, alguno más permanecía impasible al frente del batallón con los brazos en jarras y el rostro endurecido o iba a revisar un fusil, le daba vuelta, le abría la recámara, comprobaba la posición de la mira, hacía vibrar el gatillo, demostraba cómo sostenerlo, lo regresaba con alguna imprecación a su dueño. El batallón cruzaba la puerta principal del patio, ante centinelas en posición de firmes, y salía al campo abierto dentro del taconeo seco en el pavimento y un murmullo sordo como el de una maraña de insectos. Ángeles los veía marchar, meterse dentro de la nube de polvo, desvanecerse, ondular en la lejanía. Los últimos gritos le llegaban en jirones, arrebatados por el viento.

En verdad, Ángeles se sentía entusiasmado y esperaba con ansiedad el momento en que Carranza hiciera oficial su nombramiento como secretario de Guerra, lo que se le había asegurado, sucedería de un momento al otro.

Pero antes, una mañana de aquéllas, Carranza lo llamó urgentemente.

En la antesala de la oficina, un hombre vestido de oscuro se encorvaba como garabato sobre el escritorio y copiaba a mano un grueso documento. Ángeles se anunció y el hombre lo miró entre las pestañas y le pidió que esperara.

—Me dijeron que viniera enseguida.

—Lo sé, general. Pero luego se me ordenó que esperara usted un momento porque el jefe... —y el hombre hizo un guiño, mirando de reojo— está con el general Obregón... que llegó repentinamente.

Ángeles se sentó frente al hombre, quien continuó su acuciosa labor. Por momentos, levantaba el lápiz y lo movía en el aire como siguiendo unos compases secretos.

—Perdóneme que no lo atienda, general. Pero al señor Carranza le urge que pase esto en limpio.

—Por mí no se preocupe. Continúe con su trabajo.

—Prefiere que le pase las primeras correcciones a mano, tal como él las hizo. Pero para eso tengo que copiarlo todo de nuevo. Dice que los documentos pasados a máquina no le inspiran para corregirlos.

—Hay a quien le sucede —dijo Ángeles, tamborileando sobre su rodilla, sonriendo interiormente: además de adusto e impenetrable, Carranza parecía un viejo mañoso, pensó.

142

Sonó un timbre. El hombre entró al despacho y un momento después salió:

—Ordena el primer jefe que pase usted.

El sol entraba por los balcones medio abiertos y se recortaba en el piso, brillaba con intensidad en los muebles de maderas pulidas.

—General Ángeles, le presento al general Obregón.

—Mucho gusto, general.

—El gusto es mío, general.

—He oído tantas cosas de usted que es como si lo conociera desde hace tiempo —dijo Obregón, con una amabilidad y una sonrisa que no disminuían su altivez.

—Pues yo he oído tantas cosas buenas de usted en tan poco tiempo, como no las había oído de nadie —respondió Ángeles.

De los reflejos dorados de los ojos de Obregón surgían la vivacidad y la altivez, complementadas por el porte erguido, los bigotes arriscados y los labios finos que sonreían con ironía. Vestía un uniforme blanco con botones de cobre y un quepí con un águila bordada sobre tejuelo negro.

Enseguida, Obregón sacó a colación la enorme fortuna de Ángeles de haber vivido al lado del presidente Madero sus últimos momentos, antes de que fuera asesinado.

—Cuénteme de él. Mi admiración hacia Madero es tan grande que hubiera dado la mitad de mi vida por conocerlo.

Exagerado, muy exagerado, pensó Ángeles. Ahí empezó a no creerle nada.

Carranza los escuchaba en silencio, sentado al escritorio con los brazos cruzados, en efecto, inescrutable, como de piedra.

Obregón insistía:

—Todos los que andamos en este asunto lo hacemos por patriotismo y por vengar la muerte del presidente Madero.

O:

—De nada me he arrepentido tanto en mi vida como de no haber luchado a su lado desde el principio. Porque la lucha maderista se dividió en dos bandos. Uno compuesto por hombres que escuchaban el llamado del deber y abandonaban hogares y familias para empuñar el fusil, la escopeta o la primer arma que encontraran a la mano. El otro bando estaba compuesto por hombres atentos al mandato del miedo, que supuestamente no encontraban armas por más que las buscaban o que no podían abandonar a sus hijos porque quedarían en la orfandad. A este segundo bando tuve la pena de pertenecer yo. Mi batalla de hoy no es sino para pagar aquella culpa.

—Pues la está usted pagando con creces, general —dijo Ángeles, también sonriente—. El presidente Madero se sentiría más que satisfecho con su actuación militar y no menos con la valentía de su confesión.

—Palabras que, también, no hago sino imitar de Madero, que habló con una sinceridad y un valor como no lo había hecho nadie antes en nuestra historia.

Ángeles recordó que, por esos días, Martín Luis Guzmán —con quien compartió alguna de las comidas e hizo buena amistad— le hizo una confesión reveladora:

—Ya conocerá usted al general Obregón y se formará su propia opinión de él. A mí, desde nuestro primer encuentro, me pareció un hombre que se sentía demasiado seguro de su inmenso valer, pero que a la vez aparentaba no dar a eso la menor importancia. Y esta simulación, fíjese usted, norma cada uno de los episodios de su conducta. Obregón no vive sobre la tierra de las sinceridades cotidianas, sino sobre un tablado; no es un hombre en funciones sino un actor. Sus ideas, sus creencias, sus sentimientos, son como los del mundo del teatro, para brillar frente al público: carecen de toda raíz personal, de toda realidad interior. Es, en el sentido más directo de la palabra, un farsante.

Desde la Decena Trágica, Ángeles supuso que el problema del destino se resume en la representación de un papel. Dentro del drama que vivía el país, el papel de Obregón era el de un magnífico primer actor que marchaba impertérrito a su monólogo final, ya solo en el escenario, con todo y todos destruidos a su paso.

Luego, Ángeles se enteró que desde antes de aquel primer encuentro, Obregón ya hablaba pestes de él, y le dio por llamarlo, a sus espaldas, igual que lo llamaba Huerta: "Napoleoncito de pacotilla".

Pero lo verdaderamente grave, el problema mayor de Carranza era ya Obregón, la mala influencia de Obregón, lo cual quería decir la mala influencia para la Revolución misma. Por eso a Ángeles no le sorprendió que su nombramiento como secretario de Guerra se tradujera en algo tan incongruente para su prestigio y su vocación, como el de "encargado del despacho del ministerio". Cuando Carranza le explicó que por el momento era preferible dejar desocupada la Secretaría de Guerra y el puesto que le ofrecía le significaba la misma responsabilidad, Ángeles le pidió pelear en donde en verdad sabía hacerlo, en el frente de batalla.

—Señor, usted y yo hicimos el trato de hablarnos con claridad. Creo haberlo cumplido aunque no siempre en forma adecuada por mi torpeza innata.

De ser así, ofrezco una disculpa. Pero animado por el mismo compromiso le digo que aquí, a su lado, le serviría de muy poco. Nuestras ideas no siempre coinciden y eso abriría una brecha creciente en nuestra relación. En cambio, en el frente de batalla le soy de utilidad y ahí no hay necesidad de discutir ideas porque peleamos contra el mismo enemigo.

Carranza echó la cabeza hacia atrás, unió las yemas de los dedos y formó una pirámide con las manos.

—¿Y cómo ha pensado que podría ser esa valiosa ayuda, general? ¿En dónde?

—En la División del Norte, señor. Con Pancho Villa.

Carranza desmanteló la pirámide, bajó las manos y con desesperante lentitud buscó la respuesta en el fragmento de cielo muy azul que se colaba por uno de los balcones entreabiertos.

—Muy bien, general. Si es lo que usted prefiere.

—Se lo agradezco, señor. Se lo agradezco de veras. Ahora mismo siento un entusiasmo, que no puedo reprimir, de regresar al campo de batalla.

Carranza sonrió levemente. Se puso de pie y fue hasta Ángeles a despedirse de mano, lo que sólo hacía excepcionalmente. En la puerta lo detuvo:

—Algo más. Pensando en ese trato de hablarnos con claridad… me gustaría, en fin, que me dijera qué opina usted del general Obregón. Pero si prefiere no me lo conteste. Es una mera curiosidad.

Ángeles respiró profundamente antes de hablar:

—Imagino cuánto influyó en usted el general Obregón para que finalmente no se me diera la Secretaría de Guerra. Pero eso no es lo grave, señor, según mi entender. Lo verdaderamente grave es que intuyo la ambición desmedida del general Obregón.

Ambición que podría llevarlo a quitar de su camino cualquier obstáculo que se le interponga.

—Me quiere usted decir que...

—Que usted y yo somos algunos de esos obstáculos. Yo le soy fácil de detectar, pero le aseguro que usted también lo puede ser a la larga.

Aun a través de los lentes oscuros, los ojos de Carranza despidieron un intenso brillo.

—¿Se da usted cuenta de lo que está diciendo, general Ángeles?

—Perfectamente, señor. Que si usted no tiene cuidado con el general Obregón, le puede suceder lo que le sucedió a Madero con Huerta, que por confiar en él a pesar de las pruebas que tenía de su deslealtad, le costó la vida y, lo que es peor, dejó al país en las peores manos en que podía haberlo dejado.

Carranza se limitó a extenderle nuevamente la mano a Ángeles.

—Muchas gracias por su confianza, general, y le deseo la mejor de las suertes con Villa.

Pero el rompimiento de Carranza con Villa era inevitable. Consumada la toma de Torreón, el plan de Villa y de Ángeles era continuar la campaña hacia el sur, mientras el general Pablo González avanzaba por el oriente y Obregón por el occidente. Sin embargo, Carranza se negó en forma rotunda. ¿Temía que, una vez tomada Zacatecas, la División del Norte continuara su marcha arrebatada, ya sin mayores obstáculos, hasta la Ciudad de México?

Tal como se lo predijo Ángeles, Carranza entregó su confianza a Obregón y se declaró abiertamente contra Villa. El desenlace —¿no tanto se había dicho que la Revolución era en realidad una obra de teatro?— resultaba inevitable. En noviembre de 1918, Ángeles fue hecho prisionero en el Valle de los Olivos —precisamente en ese lugar, quizá para continuar con la representación simbólica—. De ahí lo llevaron en un tren de carga a Parral, a Camargo y finalmente a Chihuahua, en donde fue juzgado y condenado a muerte. Pero el clamor que se organizó a su alrededor resultó abrumador. Miles de personas en México y en Estados Unidos pidieron el perdón para Ángeles. Un editorial de *El Heraldo de Chihuahua* decía: "A ver quién va a llevar en su conciencia la culpa histórica de fusilar al eximio general Felipe Ángeles, verdadero vencedor de Huerta y vengador de Madero". Y Gonzalo Escobar, vocal del Consejo de Guerra, declaró: "Si lo matamos a él, asesinamos a la Revolución".

El general Manuel Diéguez, jefe de armas en Chihuahua, telegrafió a Carranza informándole de la ilegalidad del juicio y su "altísimo" riesgo político, algo que ni siquiera Huerta se atrevió a correr. "El general Ángeles es sin lugar a dudas uno de los hombres ligados a la Revolución más populares que hay", agregaba. Como era inevitable, Carranza aún dudó y contestó lacónico: "Infórmeme con más detalle sobre eso que usted llama 'la ilegalidad del juicio'." Sin embargo, agregaba en tono seco: "Le ruego recordar los procedimientos que las ordenanzas militares señalan para cumplir una sentencia de muerte".

Aunque seguramente lo que determinó, definitivamente, la suerte de Ángeles fue el telegrama que le envió Álvaro Obregón a Diéguez:

"Lo borraré de la lista de mis amigos si usted hace cualquier gestión para salvar la vida del general Ángeles".

Palabras de lo más teatrales que parecían concluir, apenas, el segundo acto de la obra.

El regreso a San Pedro de las Colonias

Qué largo el trayecto en el Protos negro del Palacio Nacional a los llanos de San Lázaro, por la calle de Moneda, por la del Rélox, por la de Cocheras, por la de Lecumberri. Los cuatro en silencio: Madero y Pino Suárez en la parte de atrás, el mayor Cárdenas y el chofer en la de adelante. Apenas llegaron y los obligaron a bajarse del auto, Madero supo lo que iba a suceder. Por eso no lo sorprendió ver al mayor Cárdenas extraer el .38 Smith & Wesson del carcax y con una mirada alucinada apuntarle a la cabeza. Ese mayor Francisco Cárdenas del 7º Cuerpo Rural que, contra su voluntad, aprehendió al general Bernardo Reyes en Linares —cayendo a sus pies, llorando, tomándole la mano, rogándole que no se entregara— y que dos noches antes, en casa de Ignacio de la Torre y Mier, ante un grupo de militares, manifestó su disgusto porque Madero continuara vivo:

—Deberían de torcerle el pescuezo a ese enano en lugar de nomás tenerlo preso. Yo, si quieren, le apago el resuello.

Madero sintió el tiro en la cabeza con todas las propiedades de un torrente de colores cegadores. Cayó al suelo. Su sombrero de hongo fue a rodar cerca de una de las llantas delanteras del Protos. "¡Dios mío...!". Pero el grito sólo fue un murmullo apagado. El agudo dolor se mezclaba con la falta de aire, que le provocaba un estentóreo ronquido, cada vez más débil, lo mismo que la presión en los ojos nublados, los párpados de sangre, el zumbido en los oídos. Todas las sensaciones como bestezuelas que huyen.

Pero de pronto ya no hubo necesidad de dar
boqueadas en busca de aliento. El suelo, de tierra
apisonada, había dejado de ser frío y duro.

Desatado el lazo que lo constreñía a un cierto
espacio —a ese trozo de tierra, pero también a la fatalidad de un nombre dado, de un destino, de una
cédula de nacimiento y de identidad— le parecía
que podía elevarse por sobre sí mismo. Ver su propio cuerpo dentro de un charco de sangre, crispado,
como un garabato ridículo. Todo se fue quedando
sin agarradera posible, sin una mínima sombra de
pensamiento que interrumpiera y fijara ese viaje entre cristales y burbujas, de pez transparente en un
acuario luminoso.

Un recorrer de constelaciones instantáneas, de
signos o notas sin forma ni sonidos.

Un ahora sin antes ni después, un estado en
que contenido y continente no se diferenciaban,
agua fluyendo en el agua.

Un resbalar fragoroso en un océano de cristales o de rocas diáfanas, un fluir sin dirección, una
succión de tornado.

Y esto fue lo más maravilloso que ocurrió entonces: en el oscuro silencio, en el vacío de toda sensación,
algo (Algo) comenzó a conocerlo, a reconocerlo.

Muy vagamente en un principio, desde una
gran lejanía aún, pero poco a poco la Presencia se
acercó.

Se acercaba y se acercaba.

Hubo un gozo creciente y apacible, mientras
más creciente más apacible, en ese acto de ser conocido, reconocido. En ser así incluido en esa Presencia que llegaba a él desde lejos, se acercaba a él, y en
realidad era una pura luz, un como alfiler de luz.

Supo que si continuaba en el gozo y en el acercamiento, se perdería en aquella Presencia absorbente, se perdería del todo, y entonces volvieron el temor y la angustia; volvieron de golpe, acuciantes.

Preferible reducirse al conocimiento anterior, al conocimiento de su propio dolor, por insoportable que fuera. Seguir siendo él (aunque ya no él) aunque sólo fuera por un instante.

Así, vio el transcurrir de su vida con detalle como dentro de un relámpago. Volvieron los encuentros y los desencuentros, los cruces de caminos, las tomas de decisiones. Volvió a sentir lo que sintió en cada momento. Recordó cada una de las líneas de los libros que había leído. Se detuvo en algunas de ellas para entender mejor su situación actual. Por ejemplo, leyó —releyó— en Dante que las almas del purgatorio se mantienen por propia voluntad en la penitencia que estaban cumpliendo. Ninguna fuerza externa las retenía, pero hasta que estaban completamente purificadas no podían —porque no querían— absolverse a sí mismas:

Sólo el querer demuestra que acendrada…
acepta la justísima condena:
tal pecar quiso, tal ame el tormento.
Y yo, que he yacido en esta pena
más de quinientos años, no tenía
libre querer de sede más amena.

Recordó que, en efecto, los espíritus que lo visitaban a través de la escritura automática —y que le dictaron un guión que él casi siguió al pie de la letra, fatalmente— le advirtieron que en el "otro" mundo todo se realizaba a través del deseo.

"Prepárate, hermano porque ya allá sólo serán tus propios deseos los que regirán los diferentes estadios y procesos por los que puedas transcurrir".

En su afán —¿necesidad?— de seguir sufriendo, vio también la situación actual en su país. Sabía ya del asesinato de su hermano Gustavo, por parte de la gente de Huerta, realizado con una crueldad inconcebible, bestial, demoniaca. Pero ahora vio con detalle las heridas y la muerte de miles de personas a partir de la toma de la Ciudadela. Mientras las fuerzas del gobierno debían disparar contra un blanco reducido, los alzados disparaban a su antojo en todas direcciones. Ya no les importaba mucho dónde cayeran los proyectiles. La lluvia de los balines destrozaba las fachadas o encontraba a algún inocente que cruzaba una calle.

Por la noche, la ciudad presentaba un aspecto fantasmal. Los vecinos querían ver con sus propios ojos —no había periódicos— los variados estragos de las armas y se hacían cruces y lanzaban exclamaciones de asombro al contemplar los daños causados, o bien se reunían en torno a los muertos y rezaban padrenuestros, avemarías y responsos. Las camillas para conducir a los heridos al hospital de San Juan de Dios, a unas cuantas cuadras, no alcanzaban y había que improvisarlas con ramas y hojas. O sin camilla, a lomo. Los arrojaban como bultos —las camas ya estaban todas ocupadas—, alineados, diez, veinte, al final treinta o más en cada pabellón. Hombres, mujeres, ancianos, niños. Los bombardeos de la Ciudadela habían volado piernas, manos y dedos, abierto boquetes en los cuerpos. Algunos heridos gruñían, lloraban, maldecían, emitían quejidos apagados como en un coro monótono de lamentaciones. Otros se arrastraban, se empujaban, se arrancaban las vendas, querían salir a la calle a respirar aire fresco, morirse de una buena vez. Los niños pegaban los chillidos más agudos o, por el contrario, permanecían dormidos, hechos bolita. A los heridos menos graves los sentaban en los rincones para que no ocuparan demasiado espacio, cabizbajos. Las enfermeras iban de un extremo a otro del hospital, apretaban una mano implorante, checaban un pulso, cosían una herida, rescataban las últimas cajas de algodones, de yodo, de vendas.

Innumerables hogueras se encendían en las afueras de la Ciudadela con el propósito de quemar los cadáveres insepultos. Bajo el efecto del fuego, los cuerpos, unos sobre otros, empezaban a ennegrecerse, chisporroteaban, chasqueaban, se retorcían como si recobraran la vida por unos segundos, las cabelleras se les volvían una fugaz llamarada.

¿O prefería Madero ver un poco más hacia adelante? Escenas aún más dolorosas de la guerra civil que se desataría casi enseguida, después de su muerte. La sangre inocente derramada. Pobres soldados disparando contra sus hermanos: también pobres soldados. El hambre a que daría lugar y los discursos oficiales que buscaban paliarla. El afán de poder de unos cuantos, matándose unos a otros. La multitud desatinada y delirante marchando rumbo al sueño de huir de un país destrozado —cruzar el puente del Río Bravo—, moviéndose como un gran animal obnubilado. Bajo la nieve o con ese sol de verano, tan duro, como de plomo. Caravanas de espectros que marchaban sonámbulos.

¿Qué hubiera necesitado él hacer, o dejar de hacer, para evitar todo ese dolor?

Entonces lo vio con claridad. Supo que darse cuenta de ello —una y otra vez, una y otra vez— era su verdadero purgatorio. Porque en realidad él nunca quiso provocar lo que provocó, y fue instigado por los espíritus a traicionar su verdadera vocación: reducirse a su pequeña comunidad, trabajar como médico homeópata, ayudar a su grupito de pobres y de enfermos —muy pocos, ¿pero no decía él mismo que con salvar a uno solo justificaba su vida?— y, sobre todo, continuar con sus retiros místicos en un tapanco de su hacienda, imponiéndose el ayuno y la oración. Eso era lo que él quería, pero a partir de mayo de 1901, recibió órdenes perentorias desde el más allá. "Sobre ti pesa una responsabilidad enorme. Has sido elegido para realizar una transformación profunda en tu patria. Cobarde de ti si no la acatas". Todavía se resiste durante un tiempo y continúa con su vida normal —insiste en los ayunos y en la oración, pasa casi un mes encerrado en su tapanco—, sin hacerle demasiado caso a las voces que, en momentos de trance, recibe a través de la escritura automática. El reclamo es áspero: "Con cuánta tristeza hemos tenido que alejarnos de tu lado por olvidar tu naturaleza superior, despreciando la elevada y noble misión que has escogido y que Dios te ha concedido".

Por lo demás, qué fascinante tomar la pluma y recibir esas voces misteriosas. Su mano parecía desplazarse por sí sola. Qué embriagante sensación. No ser él, mejor dicho, no ser sólo él, porque en esos dictados —por más que vinieran de "otro" lado—también estaba él. En cada palabra se manifestaba y así, al ser él quien escribía, quien traducía el mensaje, era más él de lo que nunca lo había sido. Su pluma operaba el milagro: restablecía un orden olvidado en el que, parecía, la muerte no existía, era sólo un medio para alcanzar más altos planos del espíritu. ¿Cómo renunciar a ello (ellos), cómo no hacerles caso, dejar de oírlos? "Desengáñate, los espíritus superiores te han marcado una misión que no podrás rehuir. Deja todo y empieza cuanto antes tu trabajo político, de luchador social. Que nada te detenga ni te distraiga".

Recordó un cuento de Tolstoi —*El oro y los hermanos*— que siempre le impresionó y que incluso mencionó en sus *Comentarios al Bhagavad Gita*. Dos hermanos viven en una montaña, cerca de Jerusalén, dedicados a loar a Dios y a trabajar por los pobres, sin aceptar el menor salario, alimentándose de lo que tienen a bien obsequiarles. Un día, uno de ellos descubre, detrás de la pequeña casa donde habitan, algo que lo aterra y lo obliga a bajar la montaña despavorido, haciendo la señal de la cruz. El otro, asombrado, se acerca a ver qué alarmó así a su hermano, y descubre un montón de oro que brilla como el mismo sol sobre la hierba. Reflexiona:

—¿Por qué se habrá asustado así mi hermano? En el oro no está el pecado, donde está es en el hombre. Si el oro puede producir el mal, también puede producir el bien. ¡A cuántos pobres alimentará este oro! ¡Cuántos enfermos curará! ¡Cuántos desnudos vestirá! Mi hermano y yo socorremos a quienes lo necesitan, pero de poco vale nuestro esfuerzo porque carecemos de recursos.

Al término de sus reflexiones toma el oro y lo lleva a la ciudad. Construye un asilo para huérfanos, un hospital para enfermos y un refugio para peregrinos y mendigos. Pronto se llenan las tres casas de gente que lo alaba. Se muestra tan satisfecho de su obra que difícilmente se hace a la idea de abandonar la ciudad. Pero extraña en forma creciente a su hermano y, sin guardarse una moneda para él, y vestido como a su llegada, regresa a su casita de la montaña. Sin embargo, a la entrada encuentra a un ángel del Señor que lo recrimina:

—¡Vete de aquí! No eres digno de vivir con tu hermano. Una sola oración de él, óyelo bien, una sola oración de él vale más y hace más bien en el mundo que cuanto tú has hecho con el oro. El demonio lo puso como tentación ante ti y has caído…

Entonces él comprendió que las palabras del ángel eran verdad y se arrepintió. A partir de entonces no se volvió a dejar seducir por el demonio. Y supo que no es con oro, sino con oración y trabajo humilde, como se puede servir a Dios y a los hombres.

Dentro de un dolor creciente, Madero se ve en el tapanco de su hacienda recibiendo aquel primer comunicado de los espíritus: "Sobre ti pesa una responsabilidad enorme. Has sido elegido para realizar una transformación profunda en tu patria. Cobarde de ti si no la acatas". Se ve rompiendo la hoja donde lo ha escrito, lanzando por la ventana el cuaderno en donde tomaría los siguientes dictados.

Los mochos

Me llevaron a la inspección de policía, en donde me torturaron. Resulta imposible detallarles todo lo que me hicieron. Me escupieron, me vejaron metiéndome un garrote por el culo, me jalaron los testículos. Me colgaron de un cordel delgado que me mantenía suspendido en el aire, a medio metro del piso, amarrado por los pulgares, por los pies y por el pecho. En esa posición fui golpeado salvajemente cada vez que bajaba un pie al suelo. Yo lo resistí todo, recé el rosario mentalmente, repetí la oración cristera, me encomendé a Dios y a mi ángel de la guarda. De vez en cuando me tomaban el pulso para estar seguros de que no perdería el conocimiento y decían: "Te vamos a dejar en paz si nos dices quién te mandó matar al general Obregón". Yo me limitaba a contestar: "Actué solo y me llamo Juan". Cuando se me zafaron los pulgares por estar colgado de ellos, dije: "¿Por qué son tan malos y crueles?". Y ellos contestaron: "¿Y tú? ¿No eres tú peor que nosotros al tratar de dejarnos sin padre, al tratar de matar a nuestro padrecito Álvaro Obregón?". ¿Cómo podía yo haber concebido, hasta ese entonces, que alguien viera como "padrecito" al general Obregón? Y que lo dijeran en esos momentos y ahí, mientras me torturaban, resultaba desconcertante. "Jesucristo, ése sí nuestro único padre, me dará fortaleza", les respondí una y otra vez. Y, en efecto, me dio la fortaleza. Me quemaron la cara con cerillos. Me jalaron los cabellos, escupiéndome a la vez, con un odio que nunca imaginé en un humano. Me apagaron cigarrillos en la espalda. Me picaron con alfileres por todo el cuerpo. Después vino la tortura psicológica. Una mujer empezó a gritar con dolor. Me dijeron que era mi mujer, Pacita. Pero no me conmoví porque sabía que no era ella, porque mentalmente estaba preparado para cualquier trampa que quisieran tenderme. "Desalmado, no tienes corazón, dejas que torturen así a tu mujer. Pues entonces lo haremos con tus hijos", dijeron. Pero ni con esa amenaza lograron intimidarme.

Luego me permitieron descansar y dormir unas horas, y… entonces me avisaron que el general Obregón, personalmente, hablaría conmigo. Me metieron en una pequeña celda y me dejaron amarrado a una pared. Ahí estuve horas —imposible saber cuántas— hasta que lo vi aparecer, acompañado por el jefe de la policía, el general Roberto Cruz. El señor caudillo estaba ante mí, imponente, altivo, más vivo quizá de lo que nunca había estado. Llevaba en la mano —en su única mano— el dibujo que le había hecho horas —¿horas?— antes. Me lo mostró y dijo de entrada, con una risa de lo más burlona: "Mira, le diste al dibujo, no a mí, pendejo. Primero aprende a disparar una pistola". Era cierto: el dibujo tenía un gran agujero a un lado de la cabeza… Cómo pude fallar el tiro de tal manera. ¿O fue de veras que no quise darle, como he pensado después? Yo no soy un asesino. Todos quienes me conocen saben que yo no soy ni puedo ser un asesino. Yo mismo lo sé. ¿Por qué entonces decidí asesinar al señor caudillo? Quiero decir: sí sé por qué traté de matarlo; lo que no entiendo aún es qué movió a mi mano, a mi mente, a mi alma, a fallar el tiro… ¿Me creerán si les digo que me tranquilizó tenerlo ahí, a mi lado, después de que tanto busqué su muerte? ¿Será que ya empezaba a arrepentirme de lo que había hecho, de lo que traté de hacer? ¿Será que, como he pensado después, lo admiraba más de lo que hubiera querido confesarme, y esa admiración —combinada con mi odio a su anticlericalismo— despertaba en mí un sentimiento de lo más ambivalente? Recuerdo que leí con asombro —por el valor y la integridad que manifestaba— que después del atentado que había sufrido tan sólo quince días antes en su auto, en Chapultepec, donde le colocaron una bomba que lo hirió en la cabeza y en el brazo, ni siquiera guardó el reposo que su médico le indicaba. Y quince días después de aquel otro atentado lo tenía yo frente a mí en la pequeña celda, blandiendo el dibujo que le había hecho y riéndose de una manera que no le imaginé. Alcancé a oír que el general Cruz decía que seguramente yo sólo había sido el instrumento de alguien más alto, pero que, tarde o temprano, terminaría por confesar su nombre. Entonces, sin recato alguno, el general Obregón respondió, sin dejar de reír: "¿Posibles sospechosos? Primero, el actual presidente de la República. Segundo sospechoso, el líder de la CROM. Tercer sospechoso, el ministro de Gobernación. Cuarto sospechoso, el ministro de Guerra. Quinto sospechoso, el jefe de la Policía". Cruz se puso nervioso y respondió: "Señor, yo soy incapaz, pruebas suficientes le he dado de mi fidelidad a usted y de mi entrega incondicional a la Revolución…". Pero el general Obregón lo interrumpió preguntándole qué habían logrado sacarme en claro. "Nada, sólo responde que se llama Juan y que actuó solo". Entonces el general Obregón pareció olvidar por un momento el buen humor con que había llegado y gritó: "¡Pues jálenle más los huevos, carajo!". Y el general Cruz le explicó, muy serio: "Señor, ya no se los podemos jalar más, de veras. Dieron de sí todo lo que podían dar. A lo mejor hasta se los reventamos, porque parece que ya ni siente nada".

¿Por qué quiso verme personalmente el general Obregón? ¿Porque quizá sintió —presintió— que yo sí, en verdad, podía haberlo matado y no los demás, a los que en el fondo despreciaba puesto que atentaban contra él a distancia, y eran incapaces de tomarle la palabra y cambiar la vida por la suya? ¿Sería, pues, que en el fondo sentía…, él también sentía cierto respeto por mí? Dijo: "A ver, déjenme intentarlo yo. Todo en este mugre país tengo que hacerlo personalmente…". Se acercó y me preguntó: "¿Quién eres?". "Juan", le contesté, como les había contestado antes a mis torturadores. "¿Por qué lo hiciste? ¿Por qué trataste de matarme? ¿Quién te lo ordenó?". "No me lo ordenó nadie. Juro por la salvación de mi alma que obré solo. Lo hice para que Cristo pudiera reinar de nuevo sobre las almas en México". "Es cierto, yo nunca podré reinar sobre las almas. Pero las almas no se ven, aunque sean eternas. Son más bien como de aire, ¿no? En cambio los cuerpos es posible romperlos, magullarlos, aniquilarlos, cobrarles las cuentas pendientes que tengamos con ellos". Y al decirlo me dobló una de las manos que tenía amarradas a la pared, con fuerza. Debió sorprenderle que yo permaneciera impávido porque preguntó: "¿Cuál es tu truco para soportar el dolor?". Sin pensarlo demasiado, le contesté la verdad: "Me concentro en la sensación de dolor hasta que la adormezco". "Lo suponía", y me volvió a torcer la mano y al mismo tiempo me dio un fuerte pisotón, que me provocó una aguda exclamación de dolor. "Pero si le mando a tu cerebro dos señales de dolor al mismo tiempo, lo desquicio y el quejido es inevitable, ¿no? Como ves, podría provocarte una tortura que no resistirías. ¿Y a usted qué le parece, general Cruz? Hasta para practicar la tortura son unos ineptos. Por el camino que iba, aunque le reventara los huevos, no iba a conseguir nada porque nomás lo adormecía más". "No habíamos caído en la cuenta de que hay que mandarle dos señales diferentes al cerebro, mi general", contestó Cruz. "¡Pues aprendan, carajo!", dijo el general Obregón, como escupiéndolo en plena cara. "¿Hasta eso tengo que enseñarles yo? En cualquier manual de tortura francés del siglo pasado está claramente explicado. Lean, entérense. ¿Cómo vamos a mantener el orden en este mugre país si ustedes ni siquiera saben aplicar debidamente la tortura? Es más, mejor lárguense. Déjennos solos. Ya me tienen ustedes hasta la madre con sus ineptitudes. Yo me encargo de esto…".

Nos quedamos solos el señor caudillo y yo. Ya sus anteriores palabras —y aquellos ojos tan fijos con que me miraba— me causaron una profunda angustia, como no la sentí en ningún momento con quienes me torturaron. Pareció adivinarlo, porque dijo: "Tranquilo, muchacho, yo no necesito recurrir a medios tan burdos. Te digo que podría provocarte un dolor que no soportarías, pero no lo voy a hacer", y me empezó a desatar. Volví a respirar al sentirme desatado. "Se puede combatir a un presidente electo democráticamente por el pueblo de México disparando a bocajarro —como tú lo hiciste conmigo—, pero hay que ser muy astuto contra la maldad desinteresada". "La mía no es una maldad desinteresada", dije, medio fingiendo cierta indignación. Sabía que mi mejor arma sería verme muy seguro de mí mismo. "Llámala como quieras. Sabes muy bien que toda pasión profunda —y la tuya lo es, no tengo duda— requiere sin remedio cierto grado de crueldad. ¿O según tu Dios no deberías haber puesto la otra mejilla en lugar de tratar de matarme?". "Ésta es una guerra. Una guerra que ustedes desataron". "¿Una guerra santa?", dijo, volviendo a sonreír. "Sí, una guerra santa". "¿Y así puedes justificar tu intención de matarme?". "Estudié el pasaje de la Biblia referente a Judith, que tiene muchos puntos de contacto con las actuales circunstancias, y lo que más me impresionó fue que Judith obró sola. Se dedicó a la oración y el día en que resolvió salir hasta el campamento enemigo a matar al tirano, dijo a los ancianos del pueblo: 'Encomiéndenme a Dios. No les puedo decir lo que voy a hacer. Nada más pidan a Dios por mí y será suficiente'. Eso fue lo que más me impresionó. De manera que yo también decidí obrar solo, bajo la guía del Señor. Se necesitaba que alguien se sacrificara y evitara más derramamientos de sangre. Que no hubiera más sangre que la de usted y la mía". "Así que sólo tu sangre y la mía… Es admirable, tengo que reconocerlo. La mayoría de los hombres es incapaz de vivir en un universo donde el pensamiento más descabellado penetre —así como ha penetrado en ti y en mí— como un cuchillo en el corazón. ¿No será que hasta nos parecemos? Al fin de cuentas eres tan impuro en tus ideales como yo en los míos. Porque si eres creyente, ¿no te preocupaba que mi alma se condenara?". "Mientras usted más vive más se condena su alma por su actitud antirreligiosa. Así que sacrificarlo era una manera de ayudarlo a salvarse". "¿Una manera de ayudar a salvarme? Pero puesto que fallaste, ¿será señal de que ya nadie puede detenerme y gobernaré este país por…, digamos, unos treinta o cuarenta años más? Carajo, muchacho, de lo que estuviste a punto de privarme, y privar a México, si de veras me hubieras matado". Me sorprendía su humor, y hasta más miedo me daba. Había oído que a veces el general Obregón tenía esas reacciones con quienes momentos después, a sangre fría, mandaba sacrificar, aunque nunca imaginé que fueran reacciones tan de veras joviales. Hasta pensé que él mismo… en cualquier momento, podía sacrificarme ahí, sin siquiera un juicio previo. Pero en lugar de eso me dijo que me sentara con él a la mesita que había en la prisión, que estaba cansado, había sido un día de mucha tensión —por poco y lo mato, casi nada— y prefería que platicáramos —así lo dijo: que platicáramos— sentados. "Mira esta arma", me dijo, mostrándomela. "El arma con que intentaste matarme. ¿Tienes idea del significado que guarda para mí? ¿Sabes que hace unos días acababa de sufrir otro atentado en Chapultepec: pusieron una bomba abajo de mi auto, se hicieron pedazos los cristales y me hirieron en la cara y en el brazo? Hace trece años una bala me hirió en una pierna; era tan grande la herida que creí que me iba a desangrar", y me enseñó la cicatriz, en la pantorrilla. "El brazo lo perdí por una granada que explotó a mi lado. También, hace poco, dejaron como criba el tren en que viajaba rumbo a Celaya. Hasta la baraja que tenía frente a mí la volvieron confeti. Pendejos. ¿Qué me hicieron? Nada. Nunca me hacen nada, aunque tengo que saber quién quiere hacerme algo, ¿no? ¿Lo entiendes? Y tú sabes quién quiere hacerme daño, tú lo sabes mejor que nadie. Los católicos han sido utilizados por mis enemigos. ¿Sabías que uno de mis proyectos apenas suba a la Presidencia es acabar con el conflicto religioso? ¿No? Pues deberías saberlo porque hasta se ha comentado en los periódicos. No puedo creer que hayas actuado con tal ceguera que desconozcas que incluso ya he dado los primeros pasos para resolverlo… Pero, en fin, la política y lo que de ella publican los periódicos es un enredijo, en eso estamos de acuerdo. Creo que fue la inconsciencia la que te llevó a atentar contra mí. Por eso, si me dices quién te mandó matarme te perdono la vida. Por ésta. Aunque no soy creyente te lo juro por ésta", y besó la señal de la cruz. "Pero si no me lo dices te mandaré fusilar y ni siquiera permitiré que tengas el auxilio espiritual de un sacerdote". Eso de la falta de auxilio espiritual me enfureció e, impulsivamente, decidí confesarle quién era yo y hasta le dije de mi relación con la madre Conchita...

En realidad no es que la madre Conchita me haya ordenado lo del atentado contra el general Obregón, pero me lo sugirió. Una tarde fui a visitarla al convento y me dijo, eufórica, con un periódico en la mano: "Mira, Pepe, otras cuatro personas se fueron al cielo porque murieron por la causa religiosa, atrapadas celebrando una misa a escondidas, mandadas fusilar por el gobierno en el Ajusco, qué suerte, ¿no? Gente joven, muchachos que dejaron novias, familias, estudios, y que decidieron morir por Dios nuestro Señor. Imagínate la Gloria que les espera. Éste, por ejemplo, tan jovencito, al lado de su novia cuando se graduó de ingeniero civil. Míralos qué tiernos, tomados de la mano. Lo feliz que estará ya el suertudo muchacho en el cielo, a la vera de Dios Padre". "Madre..., yo quisiera hacer algo así". "Yo también, Pepe, ¿pero qué puede hacer una pobre mujer como yo?". Fue entonces cuando me contó que su amor por Cristo era tal que mandó preparar un sello de metal que calentó al fuego y ella misma se lo aplicó en el pecho, dejándole una marca como la que se les pone a los animales. Una marca con una cruz y con las letras J.H.S. Y también me contó que, cuando entró a la comunidad de las Capuchinas Sacramentales, había una superiora que les infundía la idea del martirio como la más alta meta de una monja. Pero que esa meta de martirio debía ser jubilosa. Incluso me dijo que a veces —en el tiempo que tenían de descanso— cantaban y bailaban en el jardín ella y sus compañeras, pidiéndole a Dios:

"Queremos ser mártires, queremos ser mártires, queremos ser mártires". Le dije que la anécdota lo confirmaba: "Usted es una santa, una verdadera santa, y nos ilumina con sus pláticas. Ha mantenido el culto abierto en esta casa, valientemente, y cada semana visita a los presos católicos en la penitenciaría, ¿le parece poco?". "Nada comparado con lo que podría hacerse, Pepe". Entonces me dijo lo del rayo que causó la muerte del aviador Jesús Carranza, hacía pocos días. "Ésa fue la voluntad de Dios, mandarle un rayo desde el cielo para que se cayera el avión, ¿verdad, Pepe? Aunque una no puede dejar de pensar, ¿no hubiera sido mejor que ese rayo cayera sobre el general Álvaro Obregón? Entonces terminaría el conflicto religioso. Volveríamos a celebrar misa y a confesar y a comulgar libremente. ¿Imaginas qué dicha? México volvería a ser México, con Jesús iluminándonos como un sol". "¿Por qué entonces no lo dispone así Dios Nuestro Señor, madre, y de una vez por todas hace que le caiga un rayo en la cabeza al general Obregón?". "Pues porque espera que nosotros, los creyentes, lo hagamos por Él, Pepe". Fue todo lo que dijo, pero para mí suficiente porque en ese momento me decidí, ya sin ninguna duda, a acabar con la vida del general Obregón.

Se lo conté todo y él se limitó a sonreír. Entonces, por toda respuesta a mi confesión, se puso de pie, me mostró su muñón y dijo: "Mira, los dos somos mochos, en eso nos parecemos". Me indignaba, pero la verdad es que me invadía un miedo creciente. Casi pensé que prefería el tormento anterior que le habían aplicado a mi cuerpo. Podía yo adormecer el dolor, ¿pero cómo esconderme de esa voz, de esos ojos encendidos, de esas burlas que profanaban lo más íntimo y sagrado que había en mí? Él debió notarlo porque al ver mis manos temblorosas dijo: "No tiembles, porque si tiembles te delatas y te vuelves vulnerable. Aunque sepas que te voy a matar, tienes que aparecer imperturbable. Mantente en tu decisión de cambiar tu vida por la mía. Esa decisión es tu única grandeza, muy especialmente ante mí". "No tengo miedo de morir", le dije. "Mi cuerpo podrá tener miedo, pero yo no". "Tú sabes que te voy a matar, ¿verdad? Y sabes que en estos momentos nada gozo tanto como despertar tu miedo. Comprobar hasta dónde puedo acrecentarlo, hasta dónde puedo lograr que te resulte insoportable, y me confieses de una vez por todas la verdad. ¿O lograrás controlarlo como yo controlo el mío? Tú tienes la ventaja de creer en Dios. En cambio yo lucho con mi miedo a sabiendas de que pasaré… de esta 'nada viva'… a una 'nada muerta'. Es más meritorio mi esfuerzo. ¿O crees que no tuve miedo cuando te vi acercarte a mí, justo por el lado donde me falta un brazo…, me falta un brazo para levantarlo, para defenderme, para detenerte, para golpearte? ¿O crees que en ese momento no presentí lo que ibas a hacer? ¿Y no lo presentí desde que te lancé el guante cuando declaré que perdería la vida si alguien estaba dispuesto a cambiar la suya por la mía? Tengo en la memoria cuanto rostro se ha cruzado frente a mí —¿sabes que soy capaz de recordar el orden completo de una baraja dispuesta al azar con sólo ver las cartas una vez?—, pero el tuyo no lo reconocí y a últimas fechas me ha entrado un verdadero pavor ante un rostro desconocido. Pero ese miedo se vuelve fascinante cuando lo controlas, cuando te vuelves dueño de él, cuando en lugar de paralizarte te obliga a actuar más, a poder más, a arriesgarte más. Si me ha sido tan fácil matar a los demás es porque descubrí lo fácil que era para mí morir. Adivino cómo es la gente que me rodea. Casi puedo leer sus pensamientos. ¿Tú crees que no supe, desde mucho tiempo antes, que Pancho Serrano —mi mejor amigo— me iba a traicionar? ¿Y crees que no supe que también me iban a traicionar Benjamín Hill, Ángel Flores, Arnulfo Gómez, y hasta lo peligroso que era Felipe Ángeles desde el momento en que lo conocí? ¿Y crees que no supe el peligro que corría metiéndome en la guarida de Pancho Villa, así, desarmado, dizque para demostrarle mi buena voluntad y despertar su confianza? Si alguien conocía bien a Villa era yo, ah pero qué voluptuosidad enfrentarlo aparentemente sin una gota de duda... Mi buena suerte me salva siempre, en el último momento. Ah, pero qué sensación de poder retarla, de tener a la muerte presente en todo momento, imaginándola, convocándola y hasta casi reclamándola. Verme yo mismo muerto, como vi a mi madre en sueños la noche anterior a que muriera, como he visto en sueños a todos a los que les he provocado la muerte directa o indirectamente. Y esta tarde de veras me supe muerto ante ti. Te confieso que la muerte es hoy mi gran curiosidad. Me busca, me apremia. Aquí lo tuve todo y ya me aburre. Me rodean el odio y la envidia, casi como un mal olor. Por eso, como han dicho una y otra vez, tengo cuarenta y ocho años pero aparento setenta, por mi cansancio ante un juego que en realidad ya no quiero jugar. Sé que mis colaboradores me engañan por hábito, por complacerme, que pago altas cuotas por cada adulación que me brindan, que los recluto por la fuerza, que me mienten por miedo. Pensé que regresar a la Presidencia me iba a dar un nuevo aliento y nos iba a reconciliar, pero no es cierto. Tú no hiciste sino concretar lo que estaba en el aire, en el ánimo de todos. Yo lo sabía y por eso mi desesperanza, y por eso hace apenas unas semanas, antes de regresar a la capital, relacioné el ladrido de los perros de mi rancho del Náinari, con la jauría de aquí, que tanto anhela mi sangre. '¡Cállenlos de una vez!', ordené. Pero los perros siguieron aullando y ladrando en forma insólita. 'Denles carne fresca. La mejor carne fresca que encuentren'. Pero la carne fresca tampoco los calmó. Al cabo de una hora de ladridos crecientes, descifré por fin la tenacidad de la jauría. 'Sé lo que quieren esos malditos perros…', le dije a los criados. '¡Quieren mi sangre, y yo voy a dárselas!'. Imagínate su asombro, la cara que pusieron. Como si en realidad les hubiera dicho: 'Sé que alguno de ustedes, dentro de muy poco tiempo, me traicionará, me venderá a mis enemigos, provocará el derramamiento de mi sangre'. Todo esto, no tiene remedio, se nota, se adivina, se huele… Un periodista escribió hace apenas unos días: 'Desde la muerte de Pancho Serrano, su gran amigo y al que, todos lo sabemos, él mismo mandó matar, el general Obregón parece en otra parte. ¿Ha disminuido su vitalidad? Lo cierto es que sus ojos dan una impresión de vacío y en su rostro se advierten señales de fatiga. Tiene cuarenta y ocho años, pero se ve de mucha más edad'… Eso escribieron y es cierto. ¿Cómo podría yo ocultarlo? ¿Y cuál sería el caso? La verdad es que me darán las gracias por desaparecer. Ya sin mi molesta presencia me elogiarán porque salí de mi hacienda a jugarme la vida, porque sólo un trajín guerrero como el mío pudo ser símbolo de una Revolución verdadera, porque domé hombres y ríos, porque vencí en cuanta batalla participé, y porque penetré una naturaleza de picos ariscos, inalcanzables, o de desiertos planos y ardientes, que existían en la soledad más abrupta, sin la huella humana. Llegué a ella para ahí acabar con todos y con todo. Todo lo violé. Los hombres, los indios, las mujeres, las creencias, los ideales, los poblados y las ciudades, las noches estrelladas del desierto... Ellos, desde su pobre burocracia, evocarán esos hombres y esos lugares conquistados por mí. Me envidiarán, me justificarán, me abrirán calles y me levantarán monumentos porque ellos no tendrán nada que los justifique. Justificación..., qué palabra para los hijos de la Revolución Mexicana, ¿eh? Por eso se escudarán detrás de mí para justificar la corrupción y la rapiña en nombre de la Revolución. 'Si lo hizo Obregón, ¿por qué yo no?'. La corrupción y la rapiña que, ya sin ideales ni campos de batalla, serán la única meta a alcanzar...". Y como fuera de sí, con una voz que parecía surgir de lo más profundo de su ser, agregó: "Es cierto lo que dijo ese periodista. Tengo cuarenta y ocho años pero me veo de mucha más edad, y estoy muy cansado. Qué hueva de veras llegar al 1960 a los ochenta años, ¿no? Seguir con las mismas estratagemas políticas, mentir cada vez que abres la boca, intuir en todo momento el odio y la envidia a tu alrededor, reprimir manifestantes en las calles, hacer trampa en las votaciones de cada periodo presidencial, robar y dejar robar mientras un mayor número de mexicanos se empobrece más, sacrificar más y más gente y quizás hasta a alguno que haya sido tu mejor amigo..., renunciar a tener amigos porque son los más proclives a traicionarte... Mi soledad está plagada de muertos, y me pesan, me doblan, me envejecen. Mi edad —mi edad verdadera, no la que tengo— más puede medirse por el número de muertos que cargo encima, que por el número de años vividos—, me llaman todos a rendir cuentas. Por eso hoy que estaba seguro de morir, el verdadero juicio que viene no es el tuyo, José de León Toral, sino el mío. También por eso quería pedirte el favor...".

Y el general Obregón me extendió la pistola, mi pistola, con la que había atentado contra él unas horas antes. Yo quisiera en estos momentos, señores del jurado, purificar mis labios con los carbones encendidos de Isaías, para que de mis labios no saliera palabra alguna que no fuese verdad. Yo querría estrujar mi corazón para que cada uno de mis latidos respondiera a una palpitación de absoluta verdad, porque la verdad es justicia, y sólo la verdad nos salvará y nos hará libres. Por eso reitero aquí, ante ustedes, que a pesar de lo que tanto se ha dicho, no fui yo quien acabó con la vida del general Obregón… Yo sostuve un momento la pistola en la mano y no supe qué hacer con ella… Porque ya no me atreví… De plano, ya no me atreví… Un breve tiempo ahí con él, en la pequeña celda de la Inspección de Policía, había sido suficiente para darme cuenta del absurdo que había cometido, que iba a cometer —¿qué tiene que ver Dios, si es que existe, con toda aquella maraña de sentimientos confusos, de impulsos ciegos e intereses mezquinos?—, y que la única manera de escapar de la trampa —de aquélla y de ésta ahora— es, simple y sencillamente, volviéndole la cara al poder… Volviéndole la cara a cualquier forma de poder, terrenal o celestial, de aquí abajo o de allá arriba… Entonces el propio general Obregón tomó la pistola, la llevó a su sien…

Nota

El doctor B. F. Skinner, pionero del conductismo, escribe en *Más allá de la libertad y la dignidad*: "Las alabadas facultades creadoras del hombre, sus realizaciones en el arte, la ciencia y la moral, su capacidad para *elegir* dentro de un medio social, son cosas que sin excepción carecen de importancia en el nuevo contexto científico. Ningún caso tiene ya hacer responsable al ser humano de los triunfos o fracasos que el medio social, con sus continuas fricciones y roces, determinó".

Lo cual equivale a suponer, por ejemplo, que *Pedro Páramo* no fue escrita por Juan Rulfo, sino por el México posrevolucionario de mediados del siglo XX. Es decir —diría el doctor Skinner—, la convergencia de presiones sociológicas chocó de tal modo sobre la ciudad de Sayula, Jalisco, hacia 1918, que a fuerza tuvo que nacer ahí un tal Juan Rulfo, con todas sus peculiaridades físicas y mentales. ¿Y quiere esto también decir que si el susodicho Juan Rulfo hubiese muerto a consecuencia de alguna enfermedad infantil —abundaban—, otra madre de Sayula hubiera necesitado engendrar un duplicado exacto del extinto para restablecer el equilibrio psicosocial y contar con un *Pedro Páramo*, obra literaria de tanta necesidad para reafirmar la identidad de los mexicanos?

No hay en el libro del doctor Skinner la menor referencia a los datos de la psicología constitucional en función de la cual fuera posible escribir la biografía completa y realista de un individuo: las características de su cuerpo, de su temperamento, de sus dotes intelectuales y, por supuesto, de su ambiente social. A los conductistas sólo les interesa saber cómo nos movemos; les parece innecesario preguntarse *por qué* nos movemos. Pero ese *por qué* puede ser fundamental para entender la historia. De ahí que Aldous Huxley afirme que las causas principales de un cambio histórico pueden ser de tres clases: las ideas políticas, las circunstancias socioeconómicas y, especialmente, los individuos mismos que las llevan a cabo. En consecuencia, si Napoleón no hubiera existido, la historia de Francia sería diferente; lo mismo, sin Fidel Castro es probable que Cuba anduviera por otros rumbos. Y la novelística mexicana sería otra sin ese escritor, único e irrepetible, que se llamó Juan Rulfo.

Es esa responsabilidad de lo individual la que determina un suceso. Lo que también Huxley llama "el vértigo de la libertad" en el suicida antes de lanzarse de un puente al agua. Porque por más presiones psicológicas o sociales que padezca, podría *no* lanzarse.

Ese mismo "vértigo" nos invade cuando suponemos que las cosas pudieron ser distintas de como fueron, simplemente porque un individuo en particular, a partir de su libertad, así lo eligió.

Por ejemplo, ¿tuvo Zapata que caer en la trampa que le tendieron Pablo González y Jesús Guajardo? Zapata era un hombre intuitivo y desconfiado, que bien pudo haber revertido los hechos. Su biógrafo más solvente, John Womack, se lo pregunta: "¿Cómo podía saber Pablo González (en su cuartel general en Cuautla) que Zapata no invirtió la trampa (en Chinameca) y que ahora se acercaba con el cadáver de Guajardo para lanzar un ataque contra sus presuntos asesinos?".

Otro tanto sucede con la relación de Madero y Huerta, inmediatamente anterior al cuartelazo. Cuenta Stanley Ross: "A medida que la trama de la traición envolvía al presidente Madero, un acontecimiento inesperado estuvo a punto de romper en pedazos los proyectos tan bien concebidos por Huerta. Gustavo Madero se había convencido, desde el principio de la rebelión, que el general Huerta estaba implicado en el complot. Instó a su hermano Francisco a que remplazara a Huerta del mando del ejército por Felipe Ángeles, hombre fiel al gobierno a carta cabal. Cuando un amigo, el diputado Jesús Urueta, informó a Gustavo de una reunión secreta de los conspiradores en casa de uno de ellos, Gustavo decidió actuar por cuenta propia, irrumpió en la reunión con un piquete de soldados, los arrestó y a Huerta lo llevó, pistola en mano, a Palacio Nacional a confrontarlo con su hermano [...]. Huerta alegó que no quería iniciar un ataque mal preparado, exponiendo al presidente a una derrota anticipada, por lo cual estaba haciendo labores de espía. Juró que era fiel y prometió que al día siguiente lo probaría ampliamente. Madero, ante el asombro de su hermano, le creyó, y le dio veinticuatro horas para demostrar su inocencia. Incluso, le devolvió él mismo su pistola".

¿Qué hubiera sucedido si Madero le hace caso a su hermano Gustavo, como era lo consecuente, manda fusilar a Huerta por traidor y le da el mando del ejército al general Felipe Ángeles? Por lo pronto, cabe pensar, no hubiera habido cuartelazo ni hubieran muerto asesinados Madero y Pino Suárez. La mera suposición nos obliga a reflexionar sobre el carácter y las decisiones de los personajes. ¿Por qué esa confianza tan incondicional —por no decir enfermiza— de Madero hacia Huerta? En verdad, parece que estuvieran jugando una ceremonia ritual, una doble danza encadenada del victimario y la víctima, un cumplimiento. Después de que los espíritus, desde 1903, le dictaron a Madero —médium escribiente— que debía empezar a perdonar a quien lo sacrificara diez años después, porque "una revolución para que fructifique debe ser bañada en sangre", tal parece, empezó a buscar a su Judas.

Porfirio Díaz —dio amplia prueba de ello— no se andaba por las ramas respecto a ciertas decisiones. La imagen que Flores Magón ofrece de él resulta reveladora. Así, no es descabellado suponer que después de que Federico Gamboa —según nos cuenta en su diario— le informara sobre la manifestación de la noche del 15 de septiembre a favor de Madero, el presidente aplicara su fórmula de "mátenlo en caliente" y así se lo ordenara a su secretario de Guerra. La pregunta que se desprende de tal suposición es inevitable: muerto Madero en ese momento, ¿hubiera habido Revolución?

Por otra parte, hay que considerar lo circunstancial, tan cerca también de ese "vértigo de la libertad". Escribe Friedrich Katz: "[En el ataque de los villistas a la población norteamericana de Columbus] confundieron los establos con los dormitorios, dirigiendo el fuego contra ellos, por lo cual mataron a todos los caballos en lugar de los soldados. Entre tanto, el comandante de la compañía de ametralladoras de la guarnición, teniente Ralph Lucas, dispuso a sus hombres para disparar contra los atacantes". ¿Y si no ha sido así y disparan certeramente contra el XIII Regimiento de Caballería de Estados Unidos? Villa estaba convencido de que su invasión contra Estados Unidos era redentora, y por ello en una carta dirigida a Emiliano Zapata, también recogida por Katz, dice: "Verá usted que la venta de la patria es hoy un hecho, y en tales circunstancias y por las razones expuestas anteriormente, decidimos no quemar un cartucho más con nuestros hermanos mexicanos y prepararnos y organizarnos debidamente para atacar a los norteamericanos en sus propias madrigueras y hacerles saber que México es tierra libre y tumba de tronos, coronas y traidores".

Cabe pensar que, aunque hubiera conquistado Columbus, no hubiera llegado muy lejos en su ataque a Estados Unidos. Sin embargo, el siguiente paso que diera, fuera el que fuera, habría sido necesariamente fundamental para la historia —y la relación— de los dos países.

La carta de Luis Terrazas en que narra su vía crucis antes de confesar dónde se encontraba el oro en el Banco Minero, proviene de la biografía que del personaje escribió Héctor Chávez Barrón. Algunos de los acontecimientos posteriores los cuenta Paco Ignacio Taibo II en su exhaustivo libro sobre Villa: "Después de cubrir las más apremiantes necesidades de la División del Norte, con lo que sobró Villa organizó un sui generis reparto a sus generales. Trinidad Rodríguez salió de allí con el sombrero repleto de monedas de oro. Rosalío Hernández llenó un paliacate colorado. Luego Villa le entregó 10 mil a Luis Aguirre Benavídez con el argumento de 'si nos lleva la chingada en esa aventura no está bien que deje a los suyos desamparados'". Cabe suponer que también pudo ofrecerle algunas de esas monedas a Felipe Ángeles, recién llegado a Chihuahua, y que éste, dados su carácter y entereza, las rechazara, ante la admiración del propio Villa.

También es circunstancial que Arnulfo Arroyo fallara en su intento de asesinar al presidente Porfirio Díaz en noviembre de 1897. ¿Y si lo consigue? Se habría convocado a elecciones y es muy probable que las ganara Bernardo Reyes, quien rescataría la figura del presidente asesinado como la de un héroe. En esas circunstancias, cabe de nuevo la pregunta: ¿habría habido Revolución?

Por cierto, la entrevista que incluyo con Arroyo está tomada del estupendo libro de Álvaro Uribe: *Expediente del atentado*.

El telegrama que Álvaro Obregón le mandó a Manuel Diéguez, jefe de armas en Chihuahua —fundamental para entender el juicio y el fusilamiento de Ángeles— lo encontré en el libro de Fernando Benítez *Lázaro Cárdenas y la Revolución Mexicana. II El caudillismo*, donde se dice: "Obregón, por su parte, le escribió a Diéguez: 'Lo borraré a usted del número de mis amigos si hace alguna gestión a favor del general Ángeles'". Telegrama determinante en aquel momento, dado el carácter rencoroso y vengativo de Obregón. Respecto a la actitud de Carranza hacia Ángeles, hay una ambivalencia manifiesta y Odile Guilpain nos dice en su libro: *Felipe Ángeles y los destinos de la Revolución Mexicana*: "El hecho de haber respetado la vida de Ángeles durante su aprehensión o de que no se le haya asesinado durante el trayecto hasta Chihuahua [como pasó con uno de sus compañeros] prueba que Carranza deseó conservar todas las apariencias de justicia para que el caso no levantara la indignación popular y la de muchos personajes importantes, algo que temía profundamente".

Michael Meyer, en su biografía sobre Victoriano Huerta, menciona el ataque de *delirium tremens* que éste padeció en El Paso, Texas. En el *delirium tremens* predominan no sólo las alimañas, los ángeles y los demonios, sino también los fantasmas. ¿Pudo entonces aparecérsele Madero a Huerta? Lo que, en efecto, se complementaría con el comentario de Taracena: "Se dice que Huerta llamó a un sacerdote al verse al borde de la tumba. Con éste tal vez no haya guardado su secreto en lo relativo al asesinato de Madero y Pino Suárez".

La frase que le dirige Villa a Ángeles está en la biografía que sobre éste escribió Federico Cervantes: "Ya ve, general, usted por tanto querer ayudar a la gente nomás la perjudica más", lo que habla de la abierta contradicción de que un hombre con la sensibilidad y el humanismo de Ángeles peleara al lado de personajes como Villa y Fierro. También, Cervantes cuenta que Ángeles se les adelantaba a los villistas en su marcha sobre los pueblos de la sierra para prevenir a la gente: "Ya vienen las tropas. Apúrense, escondan sus animales y su maicito para que no los dejen sin comer". Ante lo cual no puede uno dejar de preguntarse: ¿qué hacía Felipe Ángeles ahí?

La matanza de norteamericanos en Santa Isabel está en Katz: "Como consecuencia de la masacre en Santa Isabel, se alzó en Estados Unidos un clamor generalizado a favor de la intervención". Las soldaderas muertas en Santa Rosa, Camargo, están en el libro que sobre Villa escribió Elías Torres: "Al ver que ninguna de las mujeres delataba a la culpable de haberle disparado, perforándole el sombrero, el jefe de la División del Norte ordenó su ejecución en una barranca cercana a la estación. La escena recuerda el *Infierno* de Dante y dudo de que haya quien pueda describir la consternación y la aflicción de aquellas infelices: lágrimas, sangre y dolor en noventa mujeres sacrificadas, con todo y sus hijos, por las balas villistas".

El informe de la autopsia que le practicó el doctor Juan G. Saldaña a Álvaro Obregón está en *El general en la Bombilla*, de Agustín Sánchez González, quien a su vez lo tomó, según dice, del Libro de Actas de Autopsia del Hospital Militar, número 148.

En su conclusión, señala el doctor Saldaña: "El C. Álvaro Obregón falleció a consecuencia de las múltiples heridas por proyectiles de arma de fuego ya descritas, penetrantes de tórax y abdomen, que son mortales por necesidad". Parece lógico suponer que, en caso de ser así, Calles debió estar involucrado. ¿Temía que Obregón, una vez que llegara a la presidencia, lo mandara matar a él, como hizo con tantos otros?

José Emilio Pacheco imaginó y escribió un bello relato en el que León Toral falla el tiro que debía matar a Álvaro Obregón. A partir de ese momento, nadie detendría al caudillo en su larga vida en el poder. En el cuento *Los mochos* yo imagino que en realidad Obregón tenía una fascinación muy especial por la muerte —lo había dicho varias veces, de una u otra forma, incluso en un poema que escribió— y a sus cuarenta y ocho años de edad se veía envejecido y abrumado por la culpa y el cansancio. La anécdota de los perros que no dejan de ladrar, en la que Obregón responde: "Sé lo que quieren esos perros, quieren mi sangre", es reveladora y fue rescatada por Héctor Aguilar Camín. ¿Podría suponerse entonces que lo que Obregón quería en realidad en aquellos momentos era la muerte?

La carta de Pino Suárez a Serapio Rendón está en el libro de José Bulnes *Pino Suárez, el caballero de la lealtad*, pero quien describió con conmovedora precisión su decepción y escepticismo durante su prisión en la intendencia de Palacio Nacional, fue el embajador cubano Márquez Sterling en el libro *Los últimos días del presidente Madero*. ¿Qué mayor dolor puede haber que reconocer el fracaso de aquello por lo que uno ha luchado toda la vida?

La anécdota de "Los quemados del Río Bravo" está en mi novela *Columbus* y la encontré —entre otras fuentes— en *Vámonos con Pancho Villa*, de Rafael F. Muñoz: "Pancho Villa lanzó un alarido cuando llegó a él la versión, agigantada en los vuelos de boca en boca, de que cuarenta mexicanos habían sido quemados vivos 'intencionalmente' en El Paso".

A Benítez le parece sintomático que el día en que llegó Madero a la Ciudad de México, como símbolo de una Revolución triunfante, hubiera un terremoto. Incluso, de uno de sus capítulos en *Lázaro Cárdenas y la Revolución Mexicana. I. El Porfirismo*, tomé el título "Cuando Madero llegó hasta la tierra tembló". Por lo demás, el cuento está inspirado en una frase de Graham Greene: "Quizás el deseo consiga el milagro de resucitarnos por unas horas cuando tenemos una misión impostergable", que hubiera podido ir de epígrafe si no fuera por su obviedad.

¿Por qué ciertos temas y ciertos personajes? El novelista también participa de ese "vértigo de la libertad" al elegir o rechazar algunos de ellos, incluso al suponer que un hecho pudo haber sido distinto a como fue. En especial porque las versiones históricas suelen ser de lo más diversas. ¿Cuál elegir? Pienso, por ejemplo, en una simple anécdota. Se dice (Taracena, Sánchez Azcona) que después del intento frustrado de Izquierdo y Riveroll por prender a Madero, éste salió a un balcón de Palacio a arengar al grupo de personas y de rurales reunidos en la calle de la Acequia. Sánchez Azcona reproduce sus palabras:

"—Ciudadanos, acabo de sufrir un atentado del que venturosamente salí ileso, pero el enemigo está aquí mismo, en Palacio. El gobierno legítimo de la República está en peligro y requiere la cooperación inmediata de los ciudadanos leales y dignos. Con la ayuda de ustedes, hemos de triunfar. ¡Viva México!

"La gritería atronaba el espacio.

"—¡Viva Madero! ¡Viva el supremo gobierno!".

Sin embargo, véase el contraste con la versión que de tales hechos da Vasconcelos:

"Apenas levantados los muertos, reunió Madero a los pocos que estaban con él y se asomó al balcón de Palacio intentando llamar al pueblo en su auxilio. Afuera, las calles totalmente desiertas demostraban el cuidado que había tenido Huerta de aislar a su prisionero".

Totalmente desiertas… ¿Qué hacer entonces? Escoger la versión que más convenga a la narración, supongo. Como dice el poema metafísico indio *Vijñana Bhairava*: "En el momento en que se perciben dos cosas, por más contradictorias que sean, tomando conciencia del intervalo que se crea entre ellas, hay que ahincarse en ese intervalo. Si se eliminan simultáneamente las dos cosas, entonces, en ese intervalo resplandece la Realidad".

Yo agregaría: en ese intervalo se abre la posibilidad a la libertad. A la libertad a la que los hombres, únicos e irrepetibles, parecemos estar condenados.

Índice